古川日出男

超空洞物語

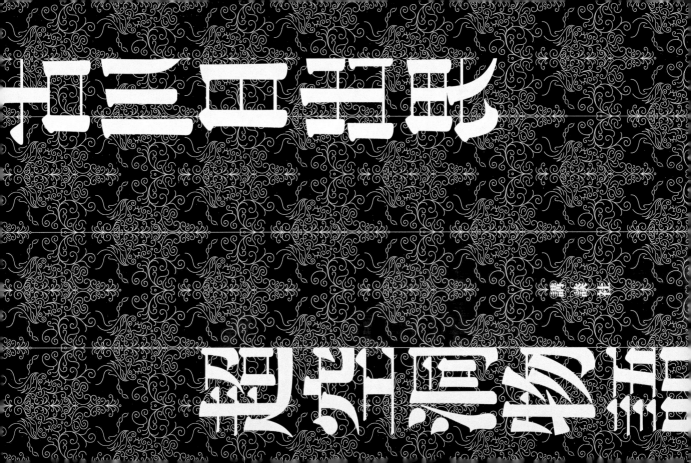

講談社

超空洞物語

構成（つくり）

光る筆　一

　昇った月を認めてかれは愕然とする。というのも満月であったのだ。いつの満月なのかを数えはじめて再度かれは愕然とする。というのも八月十五日の夜というのが今宵だとたちまちに心づいたからだ。わたしはそれを忘れていたのか、十五夜を？　だが致しかたないともいえた。その身が宮中にあるのならば失念などはできようもない。清涼殿（せいりょうでん）の南廂（みなみびさし）の、あの殿上の間（ま）で開かれる酒宴にまじっていたのが確実だから。名月を愉（たの）しみ管絃（かんげん）の宴（うたげ）を大いに楽しんでいた。しかしかれはいない。いま、その身は宮中にないし京の都にすらそもそもいない。

　波の音が聞こえた。

　かれは思う。ここは浦だ。あの浦。宮廷とのその懸隔（へだたり）は甚（はなは）だしい。

殿上のお遊びをどなたが催されているか？　帝（みかど）である。今上（きんじょう）の帝はどなたか？　かれの兄である。そしてかれらの父親もまた帝だった。すでに譲位された。六年前にである。この先帝はすでに崩御（おかくれ）になった。三年前にである。どなたへ天子（てんし）の位を譲られたか？　前述したがかれの兄へである。爾後（じご）、父帝の治世下では華やいでいたかれは不遇窮（きわ）める。天皇すなわち日本国王となれなかったことを歎（たん）ずるのではない。それは、皇位継承権を喪失ずみのかれにはなれるはずもなかったし一度たりとなろうと念（おも）ったことがない。なのに「かれはなろうとしているぞ」との噂が立った。火のないところに煙は立たぬはずなのに立った。となるとだれかが火なのだ。だれかがかれの政敵なのだ。

その政敵の一派とは現在の日本国王すなわち兄の、その産みの母の一族である。

兄の母親は右大臣の長女である。

これはかれを産んだ女性（にょしょう）とは異なる。

そしてかれを産んだ女性はかれが三歳で亡（な）き数に入り、かれは面影もおぼえていない。

そんなかれの後ろ楯は左大臣の一族郎等（いちぞくろうどう）である。

左大臣その人の長女をかれは正妻に迎えたことがあったから。

左大臣に孫も与えたから。

そもそもこちらの一族こそは栄耀栄華の権勢家だった。

しかし右大臣家の娘が国母すなわち今上帝の母親となって、政治情勢が一変した。政権は帝の外戚である右大臣家に奪られたに等しい。その一族郎等の専制ぶり専横ぶりに堪えかねて、かれの岳父左大臣はとうとう抗議を伝えんがための辞職をした。

現在かれはその齢二十六である。

波の音がまた聞こえた。

それはなんなのか。都ではけっして聞かれない音である。波とはいかなる現象なのか。海を経て有象無象を浜へと流し、寄こす現象である。かれ自身はどうなのか。同じである。かれも船路を経て流れ着いた。この浦へ、この鄙へ。しかし事実をつまびらかにすれば、かれ自身がかれを流して寓居させているのだ。なんとなれば謀叛の濡れ衣を着せられてしまっているから。それゆえ官位も剝奪されたのだから座して待てば流罪である。この忌むべき未来に対抗するには？　座さずに起ち、みずから退くに限る。京の都からである。それこそは恭順の意思を現天皇陛下へと、兄へと示す唯一の手段。ただし畿内を出てしまっては真の流罪となんら変わらない。そこでかれは「あの津だ」と見定めた。摂津と播磨の国境いとなるそこ、ぎりぎりの畿内。そこに流寓したのだった、かれ自身の決断でもって。

二十六歳となった春、三月の二十日過ぎから海と崖とのあいだに寓する。

事情が事情だから、いや目的が目的だから侘び住まいをかれは演出しなければならない。茅葺きの山荘には葦で葺いた廊がそなわり、風流ではある。しかし寂しい。従者たちはたった七人八人。そこには前の播磨の守の子の良清や民部省の大輔である惟光はいる。すなわち腹心たちをかれは手放さなかったが、男ばかりである。随行する者たちも都の家族とは別れた。ひどく侘びしい。そして寓居には洛中二条の自邸から何を搬んだか。仰々しい調度はいっさい持ちこまなかった。贅沢な着物も運搬しなかった。しかるべき書物を納めた箱は持って、そこには白氏文集などが入る、しかし最小限度である。そして、とここでかれは満月にその目をやり直す、今宵が十五夜であると認識し直す、そのことはかれに殿上の間での管絃の宴をまたも想い起こさせ、わたしはここに楽器は携えてきたか？　そう自問させる。きた。そう自答させる。ただし七絃の琴ただ一つ。

つぎの問いはかれが自分に問うものではない。

どうして七絃の琴か。
弾物には十三絃の琴も六絃の琴も琵琶もある。なのに七絃の琴としたのはどうしてか。

この琴が王者の楽器であるから、君子が無聊を慰める楽器であるからである。この七絃の琴の奏法は、入り組み、ひと筋縄ではいかず、左手は十三個の徽の印を目安に絃を押さえ、爪をはめない右手が弾く。何者が王者のこれをかれに手ほどきしたか？　王者であった父帝である。かれは幼少の砌から勤勉だった。稽古と研究に勤勉だった。この琴を古法のまま学び修めれば天地をも動かす、こう理解していたので異国より伝わる譜という譜を日本国内で集めもした。そして隠栖の地にも携えた。なにしろ父帝のゆかりだったのだから。

七絃の琴はどれほど至高の音楽なのか。どれほど霊妙な響きを聞かせ、時には奇瑞を起こしうるか。これを具体的に説いた物語がある。この琴が軸となる作り物語、虚構の物語文学であって、それもかれは流寓地へ持ちこんだ。しかしながら物語の全巻ではない。というのもうつほと呼ばれるこの物語は全部で二十巻ある。大長篇なのだ。それゆえ首巻のみを件んのしかるべき書物の箱に入れた。その第一巻「俊蔭」のみを択んで運搬する箱に納めた。いいや、理由ならば他にもあった。巻名にある主人公の俊蔭がどれほどの歳月を犠牲にして、この琴の奏法なり秘曲なりを修得したか。それが描かれている。それに先んじて海原を漂流しなければならなかった、そうでなければ外国を迷えなかった、この次第も描かれている。海路にて流浪へ、との経緯はかれの胸に大いに響いたのだった。いや、予言的に共感されたのだった。ところで「首巻の『俊蔭』のみ」とした消極的な理由というのもあって、このうつほという大作は巻が進むにつれて中味が紊れるのだった。その筋道の通らなさの実例を挙げれば、前の巻で死んだ人物が後ろの巻に素知らぬ顔でしゃあしゃあと再登場する。女子であったはずの者が男子であると示される。要するに物語の主筋いがいに損傷があるのだ。そして矛盾はどうでもよい、野放図に巨大化したほうが痛快だろうと構えているのだった。その内容の齟齬、あるいは場面の重複に、いらいらと頭を悩ます将来というのは鄙へと自発的に謹慎する人間にふさわしいとは到底言いがたい。それで漢籍にも遜色なしと選択された日本国の仮名の本はうつほの「俊蔭」ただ一冊となったのだ。

かれは無聊はこれらでじゅうぶんに、じゅうぶんに慰められると想像したし、確信した。

だが満月が昇ってしまった。

流寓地にもその月が出る、十五夜に名月が出ると認めてしまった。
先代の帝の第二皇子でありながら、いまや無官のかれは、愕然と満月に照らされて。ただ照らされていて。
今度は積極的に月光を浴びるのだった。
わたしに何ができるだろう？
漢詩文なら口ずさめる。かれは白楽天の詩のある一句を誦す。白氏が、まさに八月十五日の夜に、左遷された親友を想って作ったものの一句を。
これには従者たちが涙する。この朗誦には良清が、惟光が、その他が揃って涙している。この者たちも主人同様に辛酸を嘗めている。だから胸に響いてたまらなかった。
わたしも泣こう、とかれはかんがえる。
いや、すでに泣いてしまっているな、とかれはかんがえる。
いろいろとかんがえてしまっているな、とかれはかんがえる。
「夜が深けました」とだれかが申し述べた。いまのは乳母子でもある惟光か？　寝室へ入れというのか？　かれは再度いろいろとかんがえて、それはお終いには菅公の漢詩を口ずさむという行動へつながるのだが、その前に順々に去来する思いがあって、かんがえがあって、行動(おこない)もあって、それゆえ寝室にはまだ入らない。入れない。ひたすら月の顔を見守る。この月があの月なのか？　白楽天を唐土(もろこし)で照らした月なのか？　そうではある、とかんがえると慰められる。しばしのあいだは心が慰められる。だが、さらにはるかな外国(とつくに)にうつほの俊蔭は流離して、やはり十五夜を体験したのだ、幾たびも幾たびもと想うと慰撫される度合いはもっと増し、この首巻の展開を想起するや、手もとにはない最終巻の大団円へと意識が翔(と)んだ。細部の破綻(ほつれ)に無頓着になりながら膨脹したうつほという大長篇の作り物語は、しかし二十巻めで主筋をきちんと完結させて、それが十五夜のひと幕だった。比類なき場面、そして満月の宵、八月十五日のその夜。かれは愕然とする。三(み)たび、あるいは四(よ)たびめか愕(おどろ)いた。これと同じ満月だったのだな、つまり、と。うつほの最終場面を照らして登場人物たちを祝福していたのは、わたしが今日ここに遇(あ)っている満月だったのだ、と。

かれは「筆を」と告げる。

「筆を。硯(すずり)を」と従者たちに求める。

かれはかんがえている、いまならばわたしはあのうつほの二十巻めの結末を、描けるぞ。絵に。月光をたっぷりと含ませた筆で、墨描(すみが)きできる。それはかれに瞬時に抱かれた堅い信念であり、実際、居室に入ってからかれは普段の絵日記を構想するよりも前に描いた。京の都での政治抗争については忘れた。自分がいつかは復権できるのか、そのような可能性がほんとに残されているのかと懊悩するのもいったん措いた。ここが流寓地である、摂津の国須磨であると了解するからこそ墨描きに没頭した。絵に。絵画に。

琴が鳴る　九

その十五夜の演奏披露に至るまでのひと月余りの経緯のうち、この物語がけっして語り落としてならぬのは、清原俊蔭の娘の夢であり、七夕の夜に俊蔭の娘は父親とその夢の内側で再会しているという要所です。亡父はまず合奏に言及します。亡父は、あれはうれしかった、実に懐しい音だったと褒めます。いわば前日を讃えます。ついで翌日にも言及します。この邸の門前には人が参る、これを必ず邸内に招き入れよと指示します。亡父は、予言を為したのでした。さて前者にあった合奏とはなんでしょう？　これぞ七絃の琴の合奏であり、行なったのは俊蔭の娘とその子の藤原仲忠、さらに仲忠のまだ幼い娘の、いぬ宮の三人でした。それでは後者の予言にあった来訪者とは？　これは十五歳で父親に死なれた俊蔭の娘を単身この京極の旧邸にて献身的に世話した、亡き乳母の下女のその弟とひき連れられた四人の孫等なのでした。かれらは仲忠に窮状を援けられる仕儀となります。ところで清原俊蔭には曾孫にあたる今年七歳のいぬ宮です。七夕の節句には洗髪をせねばなりませんからいぬ宮もまた洗いましたところ、すでに髪は背丈ほどに伸びておりました。それはそれは美しい女子なのです。そして七夕の節句には夜、織女星などを祭らねばなりませんから、供えられましたのが件んの七絃の琴の合奏なのです。現在の京極の新邸には東西二つの高楼があります。池の中島に建ち、反橋でつながれた二つの高楼の、その東の楼にいぬ宮、西の楼に俊蔭の娘がいて、日頃は七絃の琴の技と秘曲の伝授が行ぜられているのですけれども、七月七日のその奉納の合奏は反橋の上において弾じられました。用いられた秘琴は南風に波斯風、龍角風、細緒風の四つ。弾奏するのは俊蔭の娘と仲忠、いぬ宮の三世代。この演奏では奇瑞が生じました。大空の星は稲妻のように光を走らせて、雷がいずこかに轟いて、さらには七月七日のその月のまわりに星々が集うということがあった、地上では瓦葺きの二階建ての高楼のまわりが神秘の芳香で満たされるということがあった。弾琴ののち、仲忠は祖父の日記も吟じました。それらこれらが併せて作用して、藤原仲忠の祖父たる亡き清原俊蔭は、おのれの娘の夢の内側に顕われたのです。

これで血族は出揃いました。祖父に子に孫に曾孫、この七絃の琴の一族。

三条京極の邸に揃いました。

だからこそ十五夜の満月はここなる絢爛豪華な邸宅を照らすのです。

その八月十五日の宵や夜半に先んじて、前日から京の都の貴人たちは京極邸を訪います。儀式がある！　いぬ宮への秘琴伝授は完了して、その披露めの会が催される！　当日はお二人の上皇までもが御幸されました。もはや洛中のあらゆる貴顕が京極邸に集められているに等しい。さすがに帝はおでかけ叶わず、宮中におとどまりですけれども、さてそれでは内裏には他にどなたがお残りか？　けれどもそんな小事はこの物語は言い落としてよいのです。

なぜならば、東の楼からいぬ宮が下ろされる。

西の楼から俊蔭の娘が下りた。

本院と新院とのお二人がおられる上皇のうち、お若きほうの新院は夕刻、几帳のほころびから俊蔭の娘をお目に入れられる。するとご愕然。いまだ二十歳すぎとしか感じられない容姿に愕き入られる。

いよいよ日が暮れます。

いよいよ夜です。十五夜です。

京極邸の二つの高楼を皓々たる満月が照らします。

池の面にもその満月が映っております。

いよいよ演奏披露です。俊蔭の娘は初めに龍角風を、それから細緒風を奏でます。すると奇瑞！　霰が降るのでした。星が騒ぎはじめるのでした。その秘琴の音は遥か宮中にまで届いてしまうのでした。あれまあと今上の帝もご驚愕。それから秘琴中の秘琴の一つ、波斯風をも俊蔭の娘は弾奏します。波斯とはペルシアの謂い、これぞ霊琴披露。奇瑞！　その霊琴のただ一絃の楽の音が、涸れていた遣水に二寸ほども水をあふれさせます。人びとは愕然に愕然を重ねて「を」と呻きます。ここまでは俊蔭の娘の独奏、そうしていよいよいぬ宮の独奏です。七歳のいぬ宮は龍角風を奏でます。ここに至るまでにすでに天地は鳴動しておりますし、都はすっかり、いいえすっぽりと演奏会の七絃の琴の音色に包まれてしまっているのと同様。そのうえで弾いている、弾いているのです、いぬ宮が！

血脈はたしかに継がれました。

これにてうつほの物語は終わります。

光る筆 二

かれはその絵を記憶にもとづいて描いた。物語のその大団円はこうであったはずだと確信してためらわずに描いた。要めなのは月である。天空の円月、それは今宵のそれでもある。十五夜の満月はここにあり、そこにもある。その空の鏡の明かりはかれの筆を墨水とともに満たしていて、と同時に画中の京極邸を無類の輝きでもって照りわたしている。藤原仲忠の京極邸には双楼があり、東の楼にいるのが仲忠の娘、いぬ宮。西の楼にいるのは仲忠の母、あの清原俊蔭の娘。そして俊蔭の娘は亡き父親を夢に見るのだから、この画中には琴の一族の始祖もいる。人物は四人いる。描きこまれた七絃の琴は？　四つある。月は？　庭の池面にも描かれているから二つ、しかし画面の外側にも満月はあった、それは夢の通路にも似た筆を通って画面の内側に滲み入りつづけていた。それゆえ三つ以上にして、しかし物語の満月と今宵の満月が同一であると観ずれば、二つか一つ。なにしろ池の面に映るのは大空のそれの幻像である。だが今宵の満月がそもそもうつほの最終場面をここに描かせた。十五夜が、八月十五日の宵そのものが現出させていた。絵画を。

うつほの物語の結末はすっぽり入った。

その一枚の絵に。

二十巻めの実物はかれの手もとにはないから、たしかめようにも本文の確認はできないが、しかし洩らさず入ったのだとかれは確信を動かさない。

そんなかれと、かれの絵とを、天皇陛下の御衣がうち守っている。

賜わった御衣なのだ、兄から。先代の帝の第一皇子であった異母兄から、その即位後に。かれは流寓の地にも御衣は持ってきた。その恩賜の御衣が須磨の山荘のその居室で、かれと、かれの描きあげた絵を見守っている。護っている。かれはかんがえる、ここにあります、いまもあります、ありますよ陛下と。この茅葺きの寓居に自発的にみずからを流しても、恩賜の御衣、けっして手放すものですかと。ずっと側に置いてあるのですと。それから母親のことをかんがえるが、それはかれの亡母のことではない、今上帝であられる兄の産みの母のことである。この母親はわたしを憎む、わたしは国母に敵視されて、とかれはかんがえて、それ以上はかんがえても詮ない、と意識を転ずる。

大事なのは恭順の態度の徹底なのだ。

現在の帝その人への。

それゆえ御衣なのだ。恩賜の御衣とはともにあらねばならないのだ。ここ須磨への退去後であっても。

畿内ぎりぎりの摂津の国須磨の浦へと流離している状況下であっても。すると、ほら、御衣はうちも守るぞともかれはかんがえる。わたしのみならずわたしの芸術作品をもとかんがえる。

須磨に退いてから、絵日記であればかれは作りつづけていた。都にいた当時も絵画というものは描いた。ただし名画を手本に描き、また旅した人びとの語る海山のありさまに刺激されて想像して描いた。それでも上手な風景画であり賞讃された。ところが鄙への漂泊は意外な収穫をもたらした。写生ができるようになったのだ、須磨の海辺を、崖地をである。その寂しい住居をもである。大自然に接し、かれは、あわれを感受した。しみじみ描いた。洩れのなきようにと写しとった。磯の蔭さえも。すると「生命が宿るようだ」と手ずからの画面に感動した。その感動がさらにいっそう、かれの技倆を上げさせた。もともと芸術的感性は卓抜していた。この写生というのは当初は退屈しのぎだった。が、絵日記にすると思い立ち、文章を添え和歌を添え、巻物へと仕立てた。日記の本文は草書で仮名を交ぜて、それは描き写された浦波と響きあった、その他、あらゆる景色と交響した。感情、それはかれの失意なのだけれども、画面に感情が現出した。日記は従者には見せない。しかしながら単独の絵は、不憫な供人たちのため、屏風に貼らせるというようなこともした。良清や惟光たちに見せ、これらを喜ばせるためにである。そうすると絶讃された。自分が芸術作品を生み出しているとかれが覚ったのはこのような経緯も経てである。

だからうつほの最終場面も墨描きしようとしたのだとひと言で説ける。

それは絵日記の絵だけを用意する行為に通ずる、とかれは直覚する。なぜならば本文はうつほにすでに存在する。この二十巻めの結末の絵、この十五夜の場面のための文章いっさいはかれの都の自邸、二条院に置かれたうつほの首巻以外の十九巻のうちの、その最終巻に在る。

しかし物語はここにもある。

うつほの物語の結びがこの一枚の絵に存（あ）る。

翌日、翌々日とかれはこの真実の重みをかんがえる。うつほという大長篇物語に損傷（きず）があり、さまざまな破綻（ほつれ）があるとして、それのない絵をわたしは描ける。さらに一枚、もう一枚と。しかし場面を連ねるという行為（おこない）はできるか？　たとえば数珠（じゅず）の玉をつなげるようにとかれはかんがえて、ふと想い起こしたのは左大臣家に預けてある自身の若君のことである。最初の正妻とのあいだの息子、つまり左大臣その人の孫。今年、五歳になった。愛らしかった。というのも、かれは須磨下向の直前、別れの挨拶に左大臣の邸（やしき）を訪ねたのだ。そして若君は、ここの祖父母に養育させているのだ。かれはまざまざと瞼（まぶた）に見る、かれが訪問すると若君はたいそう燥（はしゃ）いだ、走りまわった。ああ愛らしかったとかれはかんがえて、しかし瞬時に、かれは五歳の息子と七歳のいぬ宮とを連想した。

それらの年齢（とし）のあいだは六歳。

六歳より、あの楼で、いぬ宮は秘琴伝授の行（ぎょう）に入る。

が、その前年にはむろん五歳。

さかのぼれば二歳にも。

一歳にも。

かれは閃光に衝かれている。おお。いぬ宮の成長を、わたしは描けるぞ。

琴が鳴る　八

　そのように物語は終わりました。このうつほの物語は。

　だれが最後に七絃の琴を奏でたのでしょう？　七歳のいぬ宮でした。この年、いぬ宮の父親の藤原仲忠は三十一歳。いぬ宮の母親は女一の宮で、新院すなわち先帝の皇女のお一人で、名前が示すとおりご長女です。新院はいぬ宮の母方の祖父であられ、母方の曾祖父は本院すなわち先々帝であられます。ところでどの秘琴をいぬ宮は演奏したのだったか？　龍角風でした。ところで何月何日のいつ、この演奏披露はあったのか？　八月十五日の夜でした。満月の下、皓々たる十五夜の明かりの下で！　三条京極の仲忠の邸にて七歳のいぬ宮は独奏したのです。

それは一年間の修行を経てのことでした。

では六歳のいぬ宮を見てみましょう。

京極邸にいぬ宮が移るのは八月です。この月の十三日に転居して、じつに盛大な三日間の饗宴があって、四日めの夜に母親の女一の宮と別れて、十七日には父方の祖父であられる右大臣も京極邸を離れて、いよいよ八月十八日の朝、いぬ宮は父方の祖母たる清原俊蔭(きよはらのとしかげ)の娘とともに庭の高楼(こうろう)へと上がったのです。東の楼にいぬ宮が、西の楼に俊蔭の娘が。ところで行(ぎょう)ずるのにひと歳(とせ)が要るのだと判断された理由は？　四季の風物、それとの共鳴すなわち共感こそが真(まこと)の奏法の修得なりと父の仲忠がかんがえたからに他なりません。そうやって秋から冬から春、夏と稽古を重ねれば七絃の琴の技もまた秘曲も、いぬ宮は学び修めるに違いないと直覚したからに他なりません。すなわち八月十三日に京極邸へ移り、十八日の朝より秘琴伝授に入れば、その一年後にはいぬ宮はこのうつほの物語を終わらせられる、父の藤原仲忠はそのように踏んだとも語り直せるのです。

だからこそ父親は至上の舞台を調(ととの)えた。

それが二階建てのあの双楼(そうろう)です。

いぬ宮が六歳のこの年、仲忠は三十歳。そして高楼の建設を発案して、実際に楼の絵図を手ずから描き、この絵図にもとづいて東西二つの楼を、そして楼同士をつないだ反橋(そりはし)を建てさせたのは仲忠その人であったのでした。楼は瓦葺(かわらぶ)きとさせ、しかも青磁の瓦を用いさせたのですから、さすが審美にかけては当代に卓絶するこの父親。

それにしても六歳のいぬ宮の楽才は驚異的です。曲という曲をたちまちおぼえ、修得しはじめてしまう。仲忠をも俊蔭の娘をも驚倒、驚愕させてしまう。仲忠は内心で叫びます。これは愕(おどろ)いた！　と同時にたいへんにうれしい驚倒でしたから、おおいにいぬ宮を寵愛(ちょうあい)するのでした。

それでは五歳のいぬ宮は？

これも愛されました。

四歳のいぬ宮は？

篤(あつ)い愛情、たっぷり注がれていましたとも。

もっと稚(いと)けないいぬ宮はどうでしょう。三歳、すると父親の仲忠はこの年は二十七歳です。この年の一大事は、仲忠にとっては妻、女一の宮の難産でした。いぬ宮にとっては弟の誕生でした。同年の二月のことです。ですが、物語はすでに語り終えてしまってもおりますが、この弟には七絃の琴の技は伝えられないのです。秘琴を伝世する一族のその血脈にはこの弟はひと筋も鎖らないのです。
すると、やはり、いぬ宮を見つづけるだけでよい。
二歳のいぬ宮を見ましょう。
その正月の二十五日ですよ。
百日の祝宴が開かれています。主催したのは俊蔭の娘です。いぬ宮の口に、餅を、ほんの形ばかり含ませます。ああ、なんと悦ばしい！　いぬ宮は誕生から百日を生き存えたのです。だからこそ父方の祖母はこの盛大な宴を催さねばならなかった。集まった者等はいまにも万歳とでも唱和しそうです。しかし千の十倍の歳に達することを願うよりも前に、二歳に先んじた一歳こそが要め。産み落とされるや赤子は一歳と数えられて、新たな年を迎えるごとに年齢を一つ一つ、加算する。一歳のいぬ宮はその祝宴のほんの二十五日前に、ほら、おります。
愛らしい一歳のいぬ宮。
その一歳の十二月に、五十日の祝宴があるのです。なんと生まれ出でてから五十日を生きぬけた！　なんと欣ばしい！　ということでこの特別の宴は母方の祖母に主催されました。いぬ宮はその口に餅を含まされました。ですが十二月よりも十一月、いいえ十月です。そこには連日の産養があるのです。これぞ生まれ落ちたことの祝儀です！　九日めの夜の産養、それを開催したのはこの年で二十五歳のいぬ宮の父親、仲忠でした。けれども九日めよりも七日め、その七日めの夜の産養の主催者は、いぬ宮の母方の曾祖父たる本院のご落胤、涼の中納言であられました。ああ、夜もすがらの盛儀！　豪華を窮めた各方面からの贈り物！　しかし七日めの産養の前には五日めのそれがある。五日めの夜の産養、主催するのは母方のもうお一人の曾祖父、当時の右大臣！　が、五日めの前には三日めがあって、この三日めの夜の産養を催すのは当時は右大将、五年後には右大臣に就任しておられる父方の祖父！

　こうして都合四度の産養を、二日前、さらにその二日前と見てまいりました。一歳の九日めのいぬ宮から一歳の三日めのいぬ宮と見つづけてきました。

　その前は？

　さらに二日さかのぼります。三日めの夜の産養から。すると、ああ、ああ！　女一の宮は安産だ。そうして呱々の声をあげたのは女子だ。いぬ宮だ。父親の仲忠は、例には違えることなのだけれども産屋のかたわらに控えていた。女子誕生、と聞いて驚喜した。それから秘琴を一つ、準備した。それはどれだったか？　どの七絃の琴だったか？

龍角風でした。

藤原仲忠は初めて授かった子を抱き、そして龍角風を弾じました。すると、ああ、ああ、ああなんと！　奇瑞（きずい）が。

いぬ宮は一歳。その一日め。

光る筆 三

絵巻物の法則の応用であるとかれはかんがえる。絵巻物はどのように鑑賞するか？　開いて、繰る。それも軸のほうを左手で押さえて、場面を右手で繰りだすようにする。いったん展げられた一つの場面は、右から左へ、右から左へと進む。そして繰り進む一つの手順、一つの手捌きごとに、第二の場面が現われている、第三の場面が現われている。

巻子本それ自体がこの法則を意識して制作された。一枚の紙があり、そこに描きこまれた絵があって、その左側に二枚めの紙を継ぎ足すのだけれども、そちらの紙に描きこまれているのは第一の絵が展開した「その後」の情景である。ではさらに継ぎ足される第三の紙には？　さらに「その後」の過程がある。すなわち絵巻物の内側では時間は右から左へしか流れない。
　絵巻物を開いて、繰り進めば、この構造はいつでも確実に証明される。
　しかるがゆえにかれは画面の右から左へと、七歳のいぬ宮、六歳のいぬ宮、五歳、四歳の、三歳の、それから二歳、ついに一歳のいぬ宮と描き進めていったのだ。細長く継ぎあわせた紙のうえで、いぬ宮はその寸法をちぢめる。順々に小型化する。この絵を鑑賞する人間たちはそこにどんなことを読みとるか？　言うまでもない、いぬ宮の逆しまの成長である。しかも一歳のいぬ宮の諸情景こそがもっとも幅をとった。ここでうつほの物語の最後の主人公の生誕は強調された。それだけではない。画面の最後の最後に、父親に抱かれたいぬ宮、そして父親が弾奏している龍角風とあるわけだが、画面のその最初の最初、いちばん大柄で七歳児であることを誇示するいぬ宮もまた同じ秘琴を弾じている。龍角風は右端にまず現われ、左端にも再登場、この事実をもってうつほのお終いの主人公を護るのだ。
　それがどのような物語であるのかの肝要な点を押さえ切った。
　大長篇ならではの損傷もない。
　かれはかんがえる、わたしはうつほの物語の終盤にあった矛盾を排したと。

かれはかんがえる、絵の内側で時間を逆方向に流せたのだから、その大長篇物語そのものがいま逆しまに、後ろ向きに語られたと。しかもわたしがこの作業をすることで、わたし自身が矛盾を除けたとも。

横長いこの一枚の絵画を完成させるのにかれは十数日を費していた。須磨では秋情が深まる。その寂寥も画面には滲み入ったかもしれない。だがわたしはうつほの生命を減じさせてはいない。なんとなれば、わたしの墨描きには筆を介して現在もあの八月十五夜の月光が宿っている。幾たび幾たび墨をつけても、幾十たびつけ直しても、この筆は光る。すなわち画面が光るのだ。もちろん見える光輝ではない。だが、この一歳のいぬ宮はどうだ？

かれは眺める。

手ずからの芸術作品の左端のいぬ宮を。

一歳の一日めであるいぬ宮を眺め、魅入られる。

美しいが嬰子である。とはいえだれでもそうだったはずだ。誕生の際には稚児だったはずだ。わたしもだ。ただしわたしは、王のような稚児であったと聞かされている。かれはそこまでかんがえて、その出生の瞬間を母に産み落とされたその時点だと認識し直して、あとは自分の意思ではかんがえない。母親が、三歳までこの世を去ってしまったとはかんがえず、それが後宮での一種の権力闘争があったためだとはかんがえず、わたしは第二皇子だった、しかし第一皇子よりも父帝の寵(ちょう)を得ていたとは思いを走らせず、だからかれは何もかんがえない。無。その虚無を空洞であるとはかれは把握し直さない。
　かれの産みの母はそれほど高い身分にはなかった。
　だから庇護(ひご)する勢力を持たなかった。それなのに第二皇子を産んでしまった。無力なのに産んでしまって、無力ゆえに後宮の他の女性(にょしょう)たちに忌(い)み嫌われ、そして徹底して排撃された。この状況下で何者がもっともかれの母親に嫉妬したか？　すでに第一皇子を産んでいた右大臣家の女性である。それも右大臣その人の長女である。現在の国母(こくも)、すなわち皇太后。かれは自覚的にはそのような経緯(いきさつ)を反芻(はんすう)しない。しかし産みの母は死ぬ、かれは齢(よわい)三つにはなってはいる、だが三つでしかない、かれは父親である往時の今上(きんじょう)の帝(みかど)から愛育される、すると現在の国母が、これなる若宮のほうこそが皇太子に選ばれるのではなかろうかとかんがえる、懼(おそ)れる。かれは、まるで敵意の的(まと)であった生前のかれ自身の母親と変じたかのように現在の国母から厭(いと)われるし、憎まれる。そうした情勢の危うさをかれの父親も幾ばくかは感受して、かれに源(みなもと)の姓を与える。源氏となること、それは皇籍から離脱させたという現実を意味する。けれどもかれは皇位継承権の喪失を気にかけない。それよりも父親の帝がかれの亡(な)き母親に容貌がきわめて似ているといわれる女人(にょにん)を新たに入内(じゅだい)させた事実のほうを気にかける。かれより、わずか五歳しか年長でない。だけれども亡母と同じ顔容(かんばせ)をしていて、同じ動作(ふるまい)をする、と周囲から言われている。この美しい継母(ままはは)を幼いかれは恋慕する。かれは十二歳で元服する。右大臣家とは対立関係にある左大臣家の、それも左大臣その人の長女と結婚する。そうして、あの美しい継母への恋慕は？

密通という行為に結実する。

負の結実をする。

息子までも授かる。かれは認知しない。

父親の帝が「わたしの子供だ」と認知して、かれの息子はかれの弟となる。かれの異母弟とされる。第十皇子。

このような経緯(いきさつ)をかれは反芻はしていない。それらは虚無、空無の内側に、とうに塗りこめられてしまっているのだ。

だからうつほの物語の一歳のその一日めのいぬ宮を眺めつづけている。かれは従者の惟光(これみつ)が「殿(との)、まだお寝(やす)みにはならないので？」と問うのを聞かない。「いつまでも高坏の油を灯しつづけられるのですね。さすがは殿。世に名高い光る君だ」と戯言を言うのを聞かない。かれはただただ、かんがえているのだ。今度は意識的に、このうつほの物語をさかのぼるのであれば何がつぎの絵画に描かれるのが正しき解か、と。

いぬ宮は生まれた。

藤原仲忠の第一子、その長女として誕生した。

ここからうつほの巻々を逆方向に進むならば、わたしは、あの一巻で停まらなければならない。七絃の琴の一族の起源を、このわたし等にではない、その物語の内部にいる人物に、それも中盤の主人公たる仲忠という人間に説き明かした、あの蔵の開かれる上中下巻の上の一巻、そうだ。

蔵だ。

琴が鳴る　七

蔵は三条京極の邸にありました。

だが、邸そのものはない。二十四歳の中納言、藤原仲忠はあるであろうと期待していたものがない様子に、あるとも想像していたものがない情景に、ないけれども今後はあれと自分が願望するであろうものの威容になかば愕然、なかば陶酔するのですけれども、それでは結局、仲忠は「そこに怪しい蔵しかない」という風景にいったい何を認めていたのでしょうか？　これは、その土地の過現未であったのだと言い換えられます。

過去、そこには幼い自分が母とともに暮らした風流な邸宅があった。

現在、それはない。土地は荒れ果てて、かつ敷地の西北の隅にはなんとも立派な蔵がある。

未来、ここには相応の邸宅が造築されなければならない。京極の新邸が。

これぞ過現未の内容であり、そして眼前の風景の過去、いわば前世には六歳までの仲忠自身が含まれていました。その年齢で仲忠は、かつてここに存在していた京極の旧邸より去り、母とともに北山のうつほへと移った。さらに目の前の光景の未来、ここには再度仲忠たちの母子（おやこ）にふさわしい邸宅が建ち、母親を迎え入れていなければならない。現状のようには穢（けが）れておらず、土地そのものが浄められて、また祝福されている、かつ霊妙なる七絃の琴の音（ね）にも折々満たされる風雅かつ威厳ある新邸が。それぞ目の前にしている景色の当然の未来であって、いわば授与を約された来世である。

ただし現在は。

かつての居住者の仲忠をば、「を」と愕（おどろ）かせた風景の現世は。

以下に語る様相（ありさま）なのでした。そこにある、と期待していた建物がない。入母屋（いりもや）造りの正殿はなく、二間（にけん）四方の塗籠（ぬりごめ）だけが残る。庭園がない。野原がある。そもそも敷地に廻（めぐ）らせられていた土塀がない。そのため邸の敷地が元来どこからどこまでだったか判然としない。この、しない、という状況下にあって往時の居住者たる仲忠は記憶にない蔵というのを西北の方角に視認したのです。おや、あれは?　あの厳めしい蔵は?　あんな倉庫がうちに以前あったか?　おぼえがないぞ、まるでない。ですがお供に確認させますと、これはやはり京極邸の敷地内。なかったものはある。思うに、祖先が遺したから、ある。近づきます。やや!　荒廃の地にゆうゆう佇った蔵のその周囲には、何人とも何十人とも勘定できないほどの屍が。まさに死屍累々の様相でありまして、おおいに仲忠をも従者たちをも驚愕させます。が、近づきます、さらに近づきます。恐る恐るではありましたが歩み寄る、すると仲忠一行の目に認められたのは蔵を鎖している頑丈な錠前でした。針金がその封印をより鞏固にしております。それだけではありません。や!　その錠前、その封印には仲忠の祖父の署名があるではないですか!　あるとも想像していなかったものはあった、祖父の清原俊蔭の痕跡すら厳存した。ということは、ここには、わたしの祖たちのその遺物、わたしの一族のその起源があるのだ。真の起源に到らせる宝物が。さあ、いまから蔵を開けさせよう。

すると、

「お待ちください!」

「おやめください!」

と人声がして、仲忠たちは「を。を。を」とこぞって怪愕至極。いったい、どこから人が？　どこに何者が？　するとあらまあ、這いながら出現するではありませんか。賀茂川の河原のほうから、ともに九十歳ほどでしょうか、白髪の嫗と翁とがであります。そして、

「さもあらばあれ、お離れくださいい。その蔵の前から！」

と泣きながらに訴えたのでした。

これを仲忠も従者も訝しんだりはいたしません。なにしろ、その蔵は険呑だと注意されて、人間をとり殺すと説かれれば、実際に確証ざんまい。死屍どもが「ほんとですよ」とこぞって無言で伝えます。だから「お離れに！」といわれれば離れましたし、「ええ、お離れになれば仔細お話しいたしますから。ただちに。はい。即座に！」と告げられれば喜びました。「ほんとだね？」と。

「ほんとです」と嫗。

「ほんとですよ」と翁。

「さて、ありがとうございます。蔵からは少々距離をとれました以上、事情ご解説いたしましょう。古え、ここには村があったのです。村は栄えていたのです。その村の中心が、ここにかつてあり、いまはここにはない、美しい御殿だったの

です。そこからは唐土に遣わされる息子さんも出ました。しかし息子さんは、いったいどうしたことでしょう、幾年も日本国へ戻らない、戻らない。十年経っても二十年経っても！　ご両親はその帰国をお待ちになること叶わずに亡くなられ、けれども息子さんは帰ってきた！　ご両親の喪に服されて、やがて娘もお一人もうけられた！　息子さんは、奏でられましたね、舶来の弾物を。その息子さんの娘さんも、やはり弾かれて奏でられましたね、絃の楽器を。あれは琴、霊妙な七絃の琴、その音に触れると貴賤を問わず何者であってもその気分は晴れやか、病人であればたちまち健やか、さらには老人も若返るという塩梅ですから、それはまあ村がおのずとできあがるのは理の当然、ここにあった御殿を囲んで集まり住むというのも必然。ですが！　息子さんのご両親が外国からの息子さんの帰国を待たずにお亡くなりになったように、息子さんご夫妻も娘さんの結婚を待たずに亡き数に入られて、だんだんとここにあった御殿は、賀茂川の河原人に荒らされ、住みつかれ、壊され。いえ、河原人以外にもだんだんと毀され、あらゆる調度が盗られ、それはもう、だんだんとだんだんだんと、たった一、二年のうちの出来事でしたよ。繁栄していた村もやがては消えた！」と嫗と翁。

「を」と呻いた仲忠は、いまの話に出たのはわたしの祖父か、曾祖父曾祖母か、そして祖父の娘とはわたしの母か、こう直覚して慄えている。慄然とし愕然としている。母と、ここにあった邸を出てからの邸宅それじたいの無惨な展開に啞然となるばかり。
「ですが」と嫗。
「村はやがては消滅したのですが」と翁。
「それが以前に。消える建物が消えてみると、『ああら。蔵があるのではないの』と顕わになって。歴然と露出したものですから、悪漢どもはここを狙う。『蔵にならばあるものがあるのではないの。ああら、あら！』とここを襲う。しかしながら！　襲われ返しましたのがこれら戯け者どものほうだったのです。はい、蔵は警護の霊に守られているようでございます。ばったばったと盗人はみな斃れております。手前どもは今年はたぶん百歳、ここら一帯の経緯をこのように目撃しつづけてまいりました。まさにまさに、栄枯盛衰、でございますねえ。そのような手前どもでありますから、はい、美わしい殿方のあなた様」と嫗と翁。
「とは、わたしか？」呼びかけられて仲忠は応える。
「あなた様のご無事を願い」
「あなた様のおん身を案じ」

「『お待ちください』と、この婆に」と嫗。

「『おやめください』と、この爺は」と翁。

ありがとう。甚大に痛み入る。そう仲忠は応答して、これこそは過現未の現。現在。けれども場面はすでにして過現未の未、そう、未来を発動させているのです。いざ語り進めてゆきましょう。藤原仲忠はこの日この場でもって、この嫗、翁を雇いました。蔵の監視、および累々の死屍の片づけ役にとです。四、五日後には京極邸のその敷地、なかんずく蔵の前というのを浄化しました。高僧に読経をさせ陰陽師に祓えをさせて。さらに三日後に「わたしは清原俊蔭の子孫です。御霊よ、蔵をばお開きください」と一意に念じて、それから錠前を動かして、これをあっさりと解きました。この蔵の内側にはいま一つの蔵がありました。校倉造りのこの小蔵、これは書庫です。仲忠はこちらをもあっさりと解錠しました。そこに何を発見したでしょう？　珍宝と呼ぶしかない漢籍類で、なかには妊婦の安産のための指南書さえ！　しかしそれだけではないのです。仲忠は、こうやって過現未の未へと歩を進めながら、その未来というのを十全に成就させる前に、過、すなわち過去をも発見したのです。

祖父のその父親の日記を見出しました。

祖父のその母親の歌集も。

そして祖父自身の詩集がありました。のみならず日記も。

唐土をめざした祖父俊蔭が日本国へ帰るに至るまでの歳月にしたためられた記録であり、そこには波斯国すなわちペルシア国の名が早々と現われ、三十面の秘琴が得られるまでが、うち十二面の秘琴が本邦に持ち帰られるまでが録されていました。

藤中納言仲忠は母方の一族の歴史に見えたのです。

そして七絃の琴の一族のその起源に接触したのです。

蔵を警護し、盗人どもをばったばった殺めてきたのは尊い祖霊だったのです。

ありがとうございます。甚だ痛み入ります。こう仲忠は応えまして、いまや過去に確と連なったのですから爾後は未来へ邁進するのみ。京極の旧邸はもう存在しない、だとしたら新邸をあらしめよ。仲忠は二、三百人の者たちに命じまして築地を築かせました。まずは正殿の塗籠と蔵しか残っていない荒れ果てた野原を囲って、その空洞の地に、新たなる邸宅の造営に入る。そしてまた件んの嫗と翁とは今度は家司に雇いました。

二十四歳の仲忠は口ずさむのです。「書庫は宝庫、起源の宝庫」と。

超 空 洞

いったい文字としての、うつは、の三つの平仮名をこの手で紙のうえに初めて書いたのはいつか。思いだせるか。すると「できる」と回答した僕がいた。それは『平家物語』の原文に触れていた時で四巻めに描かれる怪異譚にこれは印象深いなと感心していた時で、あとで現代語訳をするためにメモを作成していた時だ。こういう怪異である。皇居にかかるひと叢の黒雲があって毎夜、天皇陛下がおびやかされる。だいたい午前二時なのだがその黒雲が現われるのと連動してお苦しみになる。どうにか解決しなければ、と弓の達人として知られる源頼政が起用される。たしかにだいたい午前二時、ひと叢の黒雲は出現した。そして頼政は雲中に怪しい存在の姿を視認した。矢をとって弓につがえて射る。仕留められたのはどんな怪物だったか。頭は猿、胴体は狸、尾は蛇、手足は虎の姿をしていた。そして人間の悲鳴に似た鳴き声をあげて、つまり鵼の声を持っていた。この変化のものは退治された後、どうなったか。うつほ舟に入れて流された。ここで僕の目に触れたのが、うつほ、の三文字であって、それを僕は、うつほ、と書き留めたのだった。舟、とも直後に続けたが。

うつほ舟とは何か、は原文収録の著作類の註にあった。

木を刳り、内部を空洞にした丸木舟。

このうつほ舟が川へ流されるのだが、その後のことは『平家物語』にはない。この川は当然、賀茂川である。賀茂川は下れば淀川となる。淀川は海に出る。そして怪物の死骸を入れたうつほ舟は海上を漂い、芦屋の浦に着いたと語るのは民間の伝承で、そこに取材したのが世阿弥で、世阿弥の作品「鵺」ではシテはこの射られて殺された怪物である。『平家物語』では鵼の徴しを具有した怪物が、鵺、となっている点に留意されたい。僕は鵼が鵺に変じたと言っている。空が夜に通じたと指摘している。では能の「鵺」に視線を向けよう。シテは前半と後半で変容（霊的変身）していて、前シテが舟人、後シテが鵺の霊である。ワキは旅僧である。摂津の国の芦屋にこの僧は来た。かれの前にうつほ舟に乗った怪しげな舟人が現われた。自分はじつは鵺の霊だ、と言った。消えた。旅僧はその亡霊の供養をする。すると再度さっきの亡霊が出現するのだけれども、もはや人間の恰好はしていない。本来の形姿である。化け物である。そして語るのだ、殪されてうつほ舟に押しこめられて流されて、どれほど哀しかったか。うつほ舟のうつほの内側で朽ちつづけながら暗い、暗い道を漂うのはどれほど苦しかったか。芦屋の浦に流れ着いてもうつほからは解放されず、その暗い、暗い道はひと歳ふた歳と数えられる歳月をも消滅させた。

救済してくれ、おれを。

この訴えの声（謡）は鮮烈である。しかも『平家物語』では主人公は怪物の退治者だった、だが鵼が鵺に転じた世阿弥の「鵺」では被退治者の怪物が主人公である。かつ前シテの段階では、まだ人間に擬態している、後シテになると時間を生前に逆行させて、以前の形姿、怪物のその本体を奪還する。ヌエ（鵼、鵺）は、旅僧の読経を救援の音楽に変えて、時間を逆しまにのぼる、いわば海と川をさかのぼる。

この時間経過の逆転に僕は注意を喚起させられているけれども、ここでは大きな視座から一つだけ説きたい。世阿弥の夢幻能の「鵺」、これは『平家物語』内の一章段「鵺」内の、三つあるうちの一挿話を巨大化させた作品だ。こう解説して間違いにはならない。鵺の鳴き声を持った怪物の物語はここに鵺の物語として再生している。だが何をエンジンに？　エンジンなき水上輸送手段たるうつほ舟に乗せられて、賀茂川を、淀川を下ることで、だった。そのうつほは舟のうつほを鵺が永の歳月にわたって感じつづけることで、だった。空は夜に通じてしまい、暗い暗いその道は怪物の感受する空洞をいっそう深めた。拡張するはずもないものが冥府の方向へと深まる、そのような深化。

物語の再生にはうつほが要った、と僕はこうして説く。

そして『うつほ物語』のうつほだが、これはうつほ舟のうつほではない。空洞のことではある。しかしながら巨木の洞穴、それが『うつほ物語』のうつほなのだ。人工的に刳られてもいない。つまり自然界が産出した、それも京都の北山に。その北山のうつほが首巻「俊蔭」に登場する。いずれにしてもそれが空洞であり、うつほであるかぎり、それは物語を深化させる可能性を秘める、と僕は論じられる。ただし『源氏物語』以前の日本最初の長篇物語、その『源氏物語』への影響も大な日本最古の大長篇は、それほど冥界に沈まなかった。深まらずに乱雑に、後先なしに巨木の枝葉のほうを繁らせた。幹も二倍に増えた。この怪異な巨木は日本物語文学史の怪異譚そのものである。

物語文学とうつほ。

うつほ、空洞、うつほ。と書き比べれば漢字二文字よりも平仮名三文字のほうに空(から)っぽの反響がある。がらんどう感だ。手で書いてみれば了解される。ちなみに僕はこの原稿を手書きしている。『うつほ物語』の作者も『源氏物語』の作者もそうしただろう、手で書いただろう、他になかっただろうと想うからだ。ところで作者二人を挙げるのになぜ『源氏物語』か。なぜ、ここで言及したか。さっき言及したからか？　それとも『うつほ物語』にほぼ倍する大長篇が『源氏物語』だと解説したいのか？　それもあるし、いま解説した、それよりも『源氏物語』には作中に『うつほ物語』言及があるのだと説きたい。二ヵ所、というか二つの巻、「絵合(えあわせ)」巻と「蛍」巻にそれは見出される。「絵合」では『うつほ物語』の物語絵（作中の出来事を描いた絵）が出されて、それどころか「俊蔭」巻冒頭の粗筋も人物の口から語られる。その「俊蔭」の物語絵は飛鳥部常則(あすかべのつねのり)に絵を描かれ、小野道風(おののみちかぜ)に詞(ことば)を書かれている、とある。宮廷画家の飛鳥部常則は実在したし能書家の小野道風も実在した。後者は三蹟(さんせき)の一人だ。かれらが作成した「俊蔭」の物語は、ある、と『源氏物語』は設定して、これを人物たちが鑑賞している。

さらに「蛍」巻である。ここでは光源氏とその二番めの正妻、紫の上が『うつほ物語』のその物語世界にもっと踏みこんでいる。ある登場人物の態度を褒めるべきか、褒めるべきではないか、この夫婦がかんがえている。直接的にうつほの書名が現われるのは以上二巻だけれども、たとえば僕は「若菜」の下巻にもうつほは出現しているのだと観る。そこでは光源氏が一番めの正妻の腹にもうけた息子に、「七絃の琴」論を滔々（とうとう）語る。その琴の起こしうる奇瑞（きずい）も説明される。だがそれはうつほの物語の内部（なか）で生じている霊妙なる現象の、その再話だ、と僕には直観されるのだ。それは『源氏物語』の作者がうつほを読んでいたからだ、との理解は単純すぎる。それは光源氏が古物語（ふるものがたり）のうつほに触れていたからだ、と認識し直さねばならない。『うつほ物語』を読んでいたから、『源氏物語』の主人公は息子の夕霧（ゆうぎり）に持論を語れたし、愛妻の紫の上とうつほのヒロインをああだこうだと論（あげつ）らえた。ところで僕たちの知る光源氏、あの光る君は実在したか？　していない。

虚構の物語の作中人物や作中の出来事に、べつの虚構の物語の作中人物が感情を動かされているとは何か。

光源氏は、「絵合」巻では三十一歳。「蛍」巻では三十六歳。

それぞれ「須磨」巻の始まりから五年後、十年後である。

ここで基準に出した「須磨」巻の重要性は?

それなりに滲透している伝説にある。『源氏物語』成立の伝説、起筆のそれである。『源氏物語』の作者はじつは「須磨」巻から起稿したとこの伝承内では説かれているのだ。それも陰暦八月十五日の夜に、あの満月、あの中秋の名月の幻像(湖面に映っていた)から閃きに打たれ、現在の「須磨」巻の途中から書きはじめたと断じられているのだ。

途中とはどの場面か。

光源氏が、ああ月が明るく昇った、あっ、満月だ、今宵は十五夜だったと愕然とするところ、である。

そして「須磨」巻の大事さは他にもある。これは「絵合」巻を読み進めるとわかる。須磨に流寓する折、光源氏はずっと絵日記を作成していたのだ! それはアマチュアの戯画ではない、真実の芸術作品だったのだ! そこまでの事実は「須磨」巻には書かれていないのに「絵合」巻には回顧的につまびらかに説かれる。ただし「須磨」巻でもこの光る君、光源氏の作画の技倆はアマチュアであるなどとんでもない、真正の芸術家だとは絶讃されている。

だとしたら何が起きるだろうと僕はかんがえる。

かれがかんがえることを僕はかんがえるが、かれが描いたうつほの物語絵、これはすでに三枚ある、結末の一枚といぬ宮の成長、いいや逆成長記録の一枚と京極邸の蔵で死屍累々の一枚、そこに藤原仲忠とその従者たち、嫗と翁のいる墨描き、この三枚に何が起きるだろう、起きただろうとかんがえる。

なにしろ秘琴の龍角風も、この三枚にはまず一つ、それから二つ、と描かれているのだ。いずれ開かれる蔵のある野原では、俊蔭の娘とその父親の弾奏する七絃の琴もろもろの音が、過現未の過において鳴りわたっていたのだ。だとしたら三枚のうつほの物語絵からは、何かが聞こえだしても不思議はない。

光る箏　四

不思議はある。

惟光は報告する。「おれは幻の七絃の琴の音を、何度か聞いています。このおれの耳に入れています。殿は『幻？　幻とはどういうことだ？』と質されるでしょうね。幻とは、殿がお弾きになっているのではない、ということですよ。けれどもおれは感動した。九月の満月の夜のことでしたね。なんですか、殿？『それは一度だけのことだったのか？』と問われたのですか、光る君？　いいえ、いいえ。おれは何度か耳に入れていると申しましたよ。ですから九月の、十七夜もそうでしたし、それから今月の十三夜、そして同じくこの十月の、十五日のその満月の夜にも！　あれは異界の音楽でした。が、それを語る前におれは殿の弾奏ならば乳母子として聞いて聞いて、聞きつづけてきたし、聞き違えるはずもないとの自負を持つ、とは申しましょう。この須磨に流れてからだって、そうですね、殿は一度お弾きになりましたね。あれは烈風の夜でした。しかしおれたちは寝ていた。けれども光る君、あなたは目覚められた。そして七絃のあの琴を、びぃん、びぃんと震わせて。あの琴の絃を、です。それは吹き荒さぶ大風の間隙を衝くのにも似た。つまり、ずんと響いたんです。ぎゅんと来たんですよ。おれたちのこの寂寥に。憂いに沈む精神に。寝静まっていたであろうおれたちは、少なくともおれは、聞いた！　だから覚醒したんだとは言えます。だから殿がその弾琴に続いて、和歌をお詠みになったのを聞き逃さなかったし、この頃にはおれたちは全員が目を覚ましていました。良清も。そして語りあったんです。いや、何も言い交わしはしなかったな。『殿の和歌には胸が震える』って、『それこそ琴のその一つの絃がびぃん、びぃんと鳴るようにおれ等の琴線を』って、口にしないでも伝わってしまっていたんだな。だからおれたちは、洟を、かみあいました。ひっそりと。で、九月の十五夜や十七夜、この十月の十三夜や十五夜の面妖な現象に戻ります。おれ、異界の音楽とは言いましたか？　そんなものが晩秋に、初冬に、幻のように顕った。おれは『あれ？　また光る君がお弾きに？』とはかんがえましたよ。なぜって、それが七絃の琴のそれにあまりに似ていたから。いいえ、七絃の琴でしたよ、あれは！　だからおれは幻だと説いたんです。そして恐怖するよりも感動してしまっていたんです。殿はお弾じになっていないぞ、するとだれだ？　どこだ？　そもそも何時だ？　覚醒して、おれは疑問を連発させたんですね。目を覚ましたということは、おれはそれまで寝ていたんですね。とはいえ月夜です。月球の位置で時刻はだいたい判ぜられた。真夜中だった。おれは『ああ、真夜中だなあ』って愚直に反芻しましたよ。そして『殿ではないなあ』と思ったし、『音の源はどこなんだよ』とも。起きて、探りましたね。居間の、屏風でしたね。ほら、殿がおれたちに命じて物語絵を貼らせた、五尺屏風の面。ここが音源でしたね。あれはうつほの物語の、その末巻の場面ですね？　良清やおれが『流行りの絵師の飛鳥部常則なぞに頼み、彩色させたいな』と日頃から願望していた、殿の手ずからの墨絵。聞こえたんです、そこから、幻が。聞こえるんです、そこから、幻の七絃の琴の音が！　静かに、静かに、沁みて。おれが聞かなければ聞こえない、という風情ではあった。おれが聞こうとしなければ聞かせない、という態度ではあった。音源の絵画がですよ！　しかし響かせた。おれにです。殿の乳母子の、側近のなかの側近、この惟光にです。おれは、ええ、

『異界の音楽でした、あれは』とは解説しました。けれども異界とはいえ、そこが魔境だとは感じられません。ちっとも！　おれは、殿に随(つ)き従ってよかった。須磨に同行してよかった。殿、殿。あなたのおれへの信任が、ああした不思議をおれに体験させるんでしょうか？」
「それもあるだろうね」とかれは答える。
「他には何が？」と惟光は尋ねる。
「聞こえるとしたら、あれが真(まこと)の芸術であるからだろう」とかれは答える。
「なるほど、なるほど。だからこその音源の絵画(それ)」と惟光。
「真正の芸術」とかれ。
「しかしおれ以外には聞こえないようです。たとえば良清。良清には絵画(それ)は聞かせないようです」と、やたら熱をこめて惟光は弁じた。
　不思議はもっとある。
　良清は報告する。「は？　幻の音楽？　いえ、いえ、いえ。おれはそういう幻怪の現象には遭(あ)っておりません。殿、そういうのは自分に月並みではない音楽的感性がそなわるのだと驕(おご)り、他人(ひと)の聞きつけられない音響を把捉できるのだと高ぶる類いの、幻聴なんでは。おれは、その、殿、ここ須磨への謫居(たっきょ)以来、女のことでは困っています。おれは、殿、その、親父が播磨の守でしたから関所の向こう側の事情は知るには知っていて、女を調達できると言えば言えます。ただ、殿、おれは、侘び住まいに耐えるのが殿のご本意なのだから、その光る君の第一の腹心のおれも、いざ、もろともに耐えん！　と、こう、腹はとうに据えているんです。しかし下腹は問題です。つまり陰部がです。だから寝つけない夜は、ありますよ、殿。輾転反側する夜が、ありますとも、はい、殿。え？　殿は『そうした際には良清はどうするのだ？』とおれに質問するんですか？　この山荘の、庭なんかを歩きますねえ。植えられた樹々のもとに、じいっと佇ったりも、しますねえ。で、そうしていたら、おや？　おやおや、と面妖な現象が。殿は『九月の満月の夜のことだったか？』とお尋ねですか？　違います。殿はさらに『では十七夜か。または今月の十三夜、はたまた十五夜か？』とお尋ねですか？　どれも違います。月夜ではなかったのですよ。だから怪しんだ！　この山荘の内部から人がぶつぶつ語るのが耳に届いたんですよ、おれの耳に。だから不審がった！　ねえ、殿、賊党かもしれませぬ。しかも、殿、不明瞭なぶつぶつは大声ではない、それなのに側で話されているようでもある、あたかもこの良清を『来い、来い』と呼んでいるんです。で、なんと、居間でしたね。居間のその、奥の、二層になった棚でしたね。その下段でした。ここには箱が三つ置かれていましたね。そのうちの一つが、ああっ光る！　おれは信じられない思いでした。だって不明瞭なぶつぶつ、ぶつぶつの人声(ひとごえ)はその光る箱の蓋(ふた)の裏側からしてるんですから。真裏、つまり箱の内側から！　そりゃあ、おれは、その蓋を開けましたよ。蓋を上げましたよ。そうしたら光る本体というのがありました。どこか朧(おぼ)ろに、ぼんやりと、この本体は殿お手ずからの墨絵だったんですねえ。絵画(これ)が、ぶつぶつ、ぶつぶつぶつぶつと語っている。端から畳まれておりましたから展(ひら)きました。丁寧に、でありますよ、光る君。展開すると絵の光輝(かがやき)は増す、わけではありません。ぶつぶつが沸騰する、わけでもやはりありませんでした。しかしおれは、なんだろう、なんだったんでしょうかね、はっとして。というのも、おれは落ち着きだしたんです。忽然(こつぜん)おれの精神は和(なご)まされていたんです。その、あのですね殿、おれは画面にも魅(み)せられていました。描かれた情景、そこには墨で描写される蔵(くら)があって、描出される累々(るいるい)の死骸もあって、九十いいや百歳の嫗(おうな)、翁(おきな)もいて。だからおれは癒されたのか？　だからおれはこの女っ気のない流寓(るぐう)のこの須磨の境涯を、耐えられる耐えられる、そう説得されたか？　『殿の逆境はお前の逆境、殿が禁欲のお身なればお前も同様に堪(こら)えてこそ、光る君のそのお光にあやかれる』なんぞと諭されたのか？　ぼんやり輝いている絵画にです。ぶつぶつと声を発してやまない絵画にです。絵画、殿が作られた三枚めのうつほの物語絵にですよ。絵画のそれは作品に封じられた亡霊の類いが語っているんですか？　その、描かれたうつほの物語の内部の変化のものが『こうこうだ、そうそうだ』と語るんですかね？　それもそうそう、殿の腹心のなかの腹心である自分に、この良清にだけ、そうそうそうする。おれのこの憂いを、綏撫るんだ！　殿、これはやっぱり『そうしてくれているんだなあ』って解釈するんでよろしいので？」

「そうだな。それもあるだろうね」とかれは答える。

「他には何が？」と良清は尋ねる。

「絵画にも声がそなわるのだとしたら、きっと物語りたいんだろう」とかれは答える。

「なるほど。物語絵が物語りたい。うつほの物語を？」と良清。

「真正の物語絵であれば、そうもする」とかれ。

「なるほど、なるほど。しかもこの良清を選んで物語った！」

「お前は女旱魃に耐性がなさそうだから」とかれは言ったが、そこには皮肉はひと欠片もない。ただ単に同情がある。そして信頼と愛情がある。実際、良清はかれの腹心なのだ。

それでもまあ、女、女、女との情交とは思いますね、と良清。

故郷（ふるさと）の女が恋しいだろうね、とかれ。

欲求不満なんですね、おれ、と良清。

わかるよ、とかれ。

かれはわかる。なぜならばかれも故郷（ふるさと）の妻が恋しい。これはかれの二番めの正妻である。今年十八歳である。洛中二条の邸宅を主（あるじ）となって守っている。この十八歳の若いというよりも時に幼い妻がかれは恋しい、いま欲しい。ところで齢（よわい）十八のこの正妻はだれかの似姿（にすがた）である。今年三十一歳となった継母（ままはは）の姪であって、二人はほぼ瓜（うり）二つである。その継母とかれは以前に密通した。というのも父親である帝（みかど）のこの愛人にかれは恋慕しすぎたからである。というのも父帝がこの女人（にょにん）を求めた理由が、かれの生母、かれが齢三つの年に亡（な）き数に入った溺愛した女人と、継母が瓜二つだったからであり、同様の理由でかれは継母を烈（はげ）しく求めざるをえないことになった。結果、かれは今上（きんじょう）の陛下の愛しい女性（にょしょう）を盗んだ。禁忌は二つ重なった。さらに不義の子も誕生し、その子供が父帝に認知されて皇太子にもなられて、たぶん三つ重なった。いっぽう継母との密通が以後は叶わないたれは、継母の姪に全面的にある想念を投じる。継母の姪は継母の似姿である。継母は生母の似姿である。瓜二つ。じつはかれは現在の正妻をおのれの邸宅にわずか十歳の時に盗みだしている。そちら方の親族の許しを得ず、事後通知というのもせず。この無茶が可能だったのは現在の正妻が、すでに母親には死に別れ、父親のその本来の妻からは疎まれ、それゆえ父親その人からも疎略にあつかわれ、遠ざけられ、母方の祖母に育てられ、その祖母とも死別したからだったが、それにしても、かれは少女を盗んだ！　二条院に押しこめた！　かれはどんな情動に駆られて少女を秘蔵したか。育てたい、と思ったのだ。理想の女性に育てたい、と思ったのだ。この少女の近親者である継母のようなあの皇后のような女性にと。すなわち面影も知らない生母のような、亡母のような女性にと。瓜二つ。瓜三つ。おまけに継母とのあいだの不義の子は、その容貌はかれに酷似して、ここにも瓜は二つ。

かれは何を意識して何を意識しないのか。

かれの精神の空洞とは何か。

無。虚無。

空無。

うつほ。

かれは惟光との会話を経て、良清の報告にあった経緯をも消化して、流寓地である須磨のこの初冬に、そうだ、四枚めの絵だとかんがえる。二枚めには逆しまのいぬ宮の成長を描いた。三枚めにそのいぬ宮の父親藤原仲忠が蔵と遭遇した、そして自分の母親と京極の旧邸を去った幼時を顧みる、という行為もさせた。それならば？　物語の絵画化は逆向きに、逆方向に。今度はその仲忠の母親、すなわち清原俊蔭の娘が画の構図の芯とならねばならない。かれはうつほの物語のその巻序を頭のなかで浚う。および巻名も。俊蔭の娘が栄達する「内侍のかみ」という一巻があったはずだ。題材を採るならばこの巻だ。そして、そして。これの前巻で短い生涯を閉じたはずの貴公子が、なぜだか「内侍のかみ」巻には平然と生きて再登場していて、わたしはこの損傷に読書した当時おおいに愕然とさせられた。あの愕きといったら！　さらば貴公子は一体の亡霊に変えて、この処置によって矛盾をひと息に消してしまえ。消し散らしてしまえ。

いずれにしても画面の芯には、描かれるのは、母だ。

かれの空洞が命じる。

琴が鳴る　六

噂には力があります。だれをも駆り動かします。ある女性の美しい容姿が、見られない、となれば人は見たいものです。ある楽器の妙なる演奏が、聞かれない、となれば人は聞きたいものです。評判の出所はどこでもよいのです。見られない美貌があるというのは、つらい！　聞かれない霊妙な楽の音があるというのも、つらい！　おまけに「見たい、聞きたい」と願うのが主上であったら、これは畢竟、至上の願望となってしまうのではないでしょうか。

天皇陛下が望まれるのに見られない女性と、聞かれない七絃の琴の演奏と。

さらに重ねて、この主上の望まれる至上の願望が、その女性がその琴を演奏する、であったら？

これはもう陛下も必死になられますよ。

だから陛下はこの女性の息子に働きかけなさったのです。それが藤原仲忠でした。母親を参内させよと要請する。そして母親に弾琴させよとお命じになる。実際には懇請されたといったご様子でしょうか。仲忠はお断わりできない。そこで仲忠はほとんど騙し騙し母親を宮中に参らせるのです。几帳越しに帝の御前に出すのです。母は、そのような展開をちっとも予期しておりませんから、あらまあ、これはまあ、いったい何を何したらよいのかしら。ここには琴も用意されていて、わたし何を何したら。

この困惑し自問するわたしが、仲忠の母ですから言うにや及ぶ清原俊蔭の娘です。わたしわたしわたし、あらあら、帝とご対面してしまって。

すると帝が告白します。自分は皇太子時代にあなたに結婚を申しこんだことがあるんだよと。あなたは十二、三歳だったはず。そうしたらあなたの父親に拒まれたんだよ。おぼえてる？

そうだったんですか。

帝はもっと告白します。あなたを入内させたいなあって想いは、あのね、いまも変わらない。こういうのを積年の想いと呼ぶのだね。あなたには立派な夫の右大将がいるから無理だけれどね。とはいえ、あれも相当な好き者だね。そのことはどう思う？

どうでしょうねえ。

帝は懇願します。じゃあ琴を演奏して。

俊蔭の娘は、ちょっと黙ります。

帝は懇ろに頼みます。わが御代のために弾いてちょうだいと。

俊蔭の娘は、準備された七絃の琴を前に、そして今上の帝をおん前に、かんがえるのです。この楽器にわたしが手を触れるのは、きっとあれ以来になる。きっと北山の巨木のあのうつほを息子と出て以来になる。しかし陛下が求めていらっしゃる。わたしは、弾けるかしら。わたしは、修めた奏法をおぼえているかしら、思いだせるかしら。わたしが外国帰りの父親からそれを習い初めたのは齢四つ、あたえられたのは龍角風。そうして秘琴は伝授されて、家の落魄後にわたしは息子の仲忠と北山へ逃れて、あのうつほに籠もって、そうだ六歳の仲忠に龍角風をあたえた、わたしは細緒風を前に奏法の手本を示した。そうして七歳で仲忠の秘琴演奏は母のわたしに劣らぬ技倆となって。あら、あらあら、思いだす。わたしは何を何すべきか、だんだんと思いだすし残らず思いだす。あらあらあら、一つ残らず！　そうしてわたしの、感情が！　感情が！

わたしは、弾いてしまう、あの曲を！

この曲も！

つぎつぎ！

するとそこには音楽がある。今上帝が噂に聞き、聞けなかった音楽(それ)が響いている。まさに霊妙、ほとんど奇(あや)しい趣(おもむ)き、なぜならばうつほがそこには反響している。その母子(おやこ)のうつほ暮らしの記憶が、細緒風と龍角風、さらに後者を介して父の俊蔭の存在と遺言が、凝集して鳴って、そのうつほの反想(おもいで)に厚みを足して。

その演奏は圧巻です。

その演奏は「弾いて」と懇望(こんもう)した今上帝を予想の幾倍も感動させます。

これほどだったんだねえ。

もう感に堪(た)えないねえ。

だから演奏の直後に、俊蔭の娘を尚侍(ないしのかみ)に任じられるのです。それは女官(にょかん)の最高位、そこに俊蔭の娘を就かせるのです、禄(ろく)として。この褒美で帝は満足されたでしょうか。おや、満ち足りていない自分がいるぞ、と帝は気づかれます。いまだ対面は几帳越し、いまだ俊蔭の娘のその評判の美貌を、はっきりとは見られていない！　ここで高灯台を灯してしまっては、そんな丸見えは無粋だ、失礼だ。ならばどうしよう、どうしよう。こうしよう。蛍だ！　例の唐土の故事に倣って、蛍光だ！　ここで帝は殿上の童べたちに蛍を捕まえよと命じます。折悪しく、すでに夜も深けたので童べたちは退出ずみ。そこで帝の求めに再度応えたのがだれあろう藤原仲忠でした。俊蔭の娘のその息子でした。草叢へ行き水辺へ行き、いっぱいの蛍を捕獲して、それを直衣の袖に包んで御前に参上する。口笛でもって帝にその旨お伝えする。帝はご自身の直衣の袖にこれらの蛍どもを移される。そして俊蔭の娘が控える几帳の帷子をご自身でかぶるようになさって、お身を入れられる。そのまま俊蔭の娘とお話しなさるや、数十匹の蛍が光る、光る！　お袖を通した蛍光群が俊蔭の娘のその美相をとうとう、あらわに！

あらわだけれども、同時に、仄かに。

照らすのです。照らしだしたのです。

その仄かさをどのように言葉を換えて形容いたしましょう？　ほんのりとした照明、幽かな灯火ならぬ灯火、それが場面に光を当てている。天皇陛下のごらんになれる花の顔容を出して、照明することで周囲の闇をも強調して、これは一種の発光する空洞です。これも光華のうつほです。その空洞に美わしい女性の姿態が容れられている、このように言い換えられるのではありませんか？
　蛍光のうつほ。
　そして場面には前景があれば後景もあります。前の側には照らしだされた生者がいるのですから後ろの側には生者ではない存在がいます、目を凝らせば発見できます。場面のその暗がりの部分に追放されているのは、ああそれは一体の亡霊だぞと判じられます。前景に、俊蔭の娘がいて帝がいて、さっき口笛を吹いた仲忠まで確認ができるのに、後景に沈む亡霊はこちら側の愉快さ、恋情と音楽の活気には参じ入れない。後景に滲んでいる死者は、照明のもっとも当たる存在が俊蔭の娘という女性であるからか、男性であると看取される。まだ若い、具体的に告げればその享年は二十九歳で、名前は源仲澄、当代の左大将の七男ですから人もうらやむ貴公子でした。また仲忠とは兄弟の契りを結んでいました。義理の兄弟ということですから俊蔭の娘とは血はつながりません。死んだのは前年の三月、それから一年と幾ヵ月かが経過しましたが成仏できておりません。それはなぜなのか。この愉しげで神秘的な音楽にも祝福されている内裏の場面に化けて出たのはなぜなのか。貴公子の亡霊自身に語らせましょう。義兄弟の藤原仲忠もいる場面ですから、何も秘め置きはしないでしょう。ほら、しゃべりはじめます。

ほら、ほら！

「おれはだいたい二度死んだんです。母親のおんなじ妹が春宮すなわち皇太子のところに参ると決まりましてね、つまり入内ですね、一族のこの慶事に悶絶してしまって、それで一度死んだんです。おれたちの父親は左大将、妹はその九女、おれたちは十三歳離れていたんだっけかなあ。おれ、源仲澄は妹がじつに数多の懸想人たちに囲まれるのを見つづけてきましてね。おれ、仲澄は義兄弟の仲忠すら懸想人だって承知してましてね。あとはおれですね。おれ、仲澄ですね。やっちゃったんだなあ。真剣に恋しちゃったんだなあ。同母の妹に。だめですよ。これはね、いけないですよ。禁忌ですよ。なのにおれ仲澄は、幾たびも告白した！おれ仲澄は、相手にされなかった！終いには妹から『兄上、情けないわ』と言われました。だめなんですねえ、姉妹を口説いては。おれは空前絶後の美少女だと言われる実妹を繞っての、ほとんど国を挙げての求愛競争に参加して、最初から不利だった。いちばん劣勢だった。そこに皇太子という無敵のお方が『その娘を入内させてよ』と望まれてきたんですから、もう苦戦の窮みだ。入内の当日には悶絶だ。しかし阿闍梨の祈禱でいったんは蘇生しました。じつを言うと妹がおれの贈った悲歎の歌に返してくれた歌があったので。それでもおれ仲澄の衰弱は止まりません。療養してもだめでしたね。そろそろ臨終かなと自覚したので最後の歌を一首詠んで、妹へ贈りました。これにも返歌はありましたよ。それを見て、それを読んで、おれは、その内容も消化して、おれ源仲澄は、この返書を小さく丸めました。畳んでね。それからこの和歌も、この返書も、消化しようって念じたんです。だからお湯でもって嚥下しました。嚥んだんです。窒息したんです。おれは、おれは。息絶えたんです。今回は蘇生しませんでした。ここは冥い。冥々と暗いですよ。ああ、成仏しない。実妹よ！」

　ほら。このように貴公子の亡霊は秘密を吐きだしました。その源仲澄の同母妹ですが、この女性こそはうつほの物語でほぼ全巻を通し、もっとも美々しいと賞讃されつづける存在。ほら、ほら、ほらら。この者の名前を記憶に刻みたいのでは？　名前は、あて宮。

光る筆　五

　あてやかであるとは高貴である、優雅であるということだ。あて宮。うつほの物語のその破綻にまみれて損傷にあふれる内容をかれは嚙み反して、この長大な作り物語には七絃の琴の一族の物語という幹があるのだ、しかしながらいま一本の幹もある、この巨大な虚構の物語には絶世の美女をめぐっての物語という幹もあったのだと了解し直す。あて宮といううつほの物語の最重要人物、この女性は主人公ではないのだけれども、窮極の貴人なのであって挿話の枝葉というのをどこまでもどこまでも繁茂させる。ゆえにこちらの幹は、いぬ宮、仲忠といった主人公たちの実る幹よりも徹底して佳麗佳美であるとも評しうる。その幹はあてやかである。

そうなのだ、とかれは反芻（はんすう）する。

うつほの幹は首巻の「俊蔭（としかげ）」を読んでいるうちは一本だ。だが二巻め以降は倍化する。うつほの物語のその幹は二本なのだ。ただし、最終巻やその手前の巻では第一巻「俊蔭」からの幹のほうに収斂（しゅうれん）もされる。

二本の謎めいた幹。

そして美々（びび）しいほうの幹に何人もの男性たちを斂（あつ）めるのはあて宮である。

当代の大納言左大将の九女である。

かれは記憶を探る。あて宮に求婚する男は、併せて何人だった？

十人、二十人。

いいや、二十人には及ばなかった。

思いだして描かねば、とかれはかんがえた。

あて宮のほうのうつほの幹を、一枚の墨描（すみが）きに収めてしまえばよい。

ところでうつほの物語そのものは、とかれはひき続いてかんがえる、いかにして一本の幹にいま一本の幹を、丁寧に、あるいは乱暴に接（つ）いだ？　仲忠にあて宮を懸想（けそう）させることでだ。それどころか仲忠のその実父もあて宮に懸想している。本来の物語の幹の人物たちが続々と、いま一本の幹に枝をのばして絡んだ、そして求婚による接ぎ木を試みたのだ。おんなじ一本の巨樹のあいだでの幹と幹との接合、だがしかしそれは接ぎ木なのか？　ともかれはかんがえる。定義として妙だぞ。そして「俊蔭」巻以降の幹には七絃の琴の霊威も実るのに、もう一本には奇瑞(きずい)がほとんど前に出ない。顕(あら)われない。

前景に奇瑞がない、とかれはかんがえて、これを芸術が後ろに退(しりぞ)いた、後景化したと認識し直す。

それから描きあげた一枚を検証する。

俊蔭の娘。
蛍光(けいこう)。
仲澄(なかずみ)の亡霊。

前景に俊蔭の娘がいて、後景にぼんやりと亡霊だ、とかれは画中の人物配置を把握する。その他にも人間たちは描かれている、だけれども構図を決定しているのはこの二人である。わたしは、とかれはかんがえる。じつに見事に亡霊を写せている。これをば写実の筆と言える。ものの見事に怪異は演出された。わたしがこのような業(わざ)をなせたのは、とかれはかんがえる。亡霊であれば見た経験があるからだ。物(もの)の怪(け)であれば対峙(たいじ)し、かつ言葉すら交わした体験を持つからだ。

あれをわたしは忘れていないから、わたしは生きているように霊気が描き写せる。生きている亡霊? これは齟齬(そご)する言いまわしか。いや。だが。いいや。物(も)の怪には生(い)き霊(りょう)という存在がある。
それだ。
わたしは、それと、対面して。
それと、対話して。
それはあてやかな女人(にょにん)の生き霊なのだけれども、生き霊それ自体はあてやかではなかったとかれはかんがえる。
かれは忘れていない。
一番めの正妻が妊娠したのだ。
それどころか産(う)み月(づき)が近づいたのだ。
すると妻は幾つもの霊に、いいや幾十もの怨霊に魘(おそ)われたのだ。産褥(さんじょく)で苦しめられたのだ。そうした物の怪たちは修法(ずほう)で撃破された。あれやこれやの祈禱(きとう)があって一体また一体と調伏(ちょうぶく)された。護摩(ごま)は焚かれた。しかし一体が、ただ一体がどうしても出産直前の妻に憑(つ)いて去らなかった。しかもかれを呼びだした。
あなたと話をしたいのよ、と。

あなたとだに、と。

その場には比叡山（ひえいざん）の座主（ざす）もいたのだけれども、かれは調伏を緩（ゆる）めてもらった。ただ法華経（ほけきょう）だけが静かに響いた。それがこの時のかれの後景。そして前景には褥（しとね）に横になった臨月の正妻、だが憑かれている、人語を口にする物の怪に憑依されている、顔は蒼褪（あおざ）めて汗をかき、呻（うめ）き、唸り、その合間には意味を成す人語。人語。

あなたと話しているあたしは、あたしなのよ。

あなたの正妻のこの女（ひと）ではない、あたしなの。

わかるでしょう？

かれはわかった。

かれはわかったことを忘れていない。妻の声が、面様（つらざま）が、たしかに妻のものではない。「あたしなのよ」と告げる女性のものなのだ。その女性の生き霊。

あたしは妬（ねた）んでいるの。

あたしは怨（うら）めしいの。

あたしは苦しめたいのね、あたしはそうしたいとは思っていないのにそうしたい、こうもしたい、めちゃめちゃにしてやりたいと願っていた。あなたの懐妊（はら）んだ妻を、思っていないのにそうしたいと願っていた！
かれは忘れていない。その生き霊の声、表情。
その生き霊の愁訴（しゅうそ）、あらゆる告白。
その生き霊の跳梁（ちょうりょう）の、その根拠。
かれの愛人だったのだ。かれより七歳年長だったのだ。その女性は御息所（みやすどころ）で、前（さき）の春宮（とうぐう）すなわち皇太子の夫人であって、春宮の子も産んでいる。しかしこの春宮は即位前に薨（みまか）って、結果、御息所は未亡人となった。御息所の住居（すまい）は六条京極にあった。この京極邸にかれは通った。御息所はもう未亡人なのだから、通ってもよかった。御息所はかれの父親、すなわち当時の今上帝（きんじょうてい）のその兄弟の妻だったのだけれども、もう未亡人なのだから愛人にしてもよかった。その年嵩（としかさ）の女人を、六条の御息所をだ。
もしかしたら六条の御息所を、正妻にしてもよかった。
しかしかれはしようとしなかった。
今上の帝（みかど）の愛人ではなく、この父親のその兄弟の愛人だったからだ、とはかれはかんがえない。
五歳年上の継母（ままはは）ではなく、やや惜（お）しいことに七歳年上だったからだとはかれはかんがえない。
　いろいろと惜しいとはかれはかんがえない。
　少し欠けているだの少しだけ多いだのとは、かれは、意識しない。かれの内側の空無がそうした意識をさせない。空無。虚無。無。
　空洞。
　しかしかれは忘れない。かれは忘れていない。六条の御息所の生き霊を、それが臨月の妻にどのような様子で憑いたかを、どのように身悶えさせ虐めたかを。六条の御息所はあでやかな女人である。その六条の御息所の生き霊は毫もあでやかではない。わたしは、とかれは納得する。あれを忘れていないから、霊気の描写という画業ができる。
　筆で、写実的に亡霊を描ける。八月十五夜の満月のあの光に潤わされた筆で。
　かれは忘れていない。忘却といささかも無縁であれば魂魄の写生もできるのだともかれは言いたい。六条の御息所のその生き霊に悶絶させられた正妻が、出産後、あっという間に衰弱死したとはかれは言いたくない。その亡妻が遺したのは息子だったとはかれは言いたい。今年は五歳で母方の祖父母の邸に、つまり左大臣邸にいるのだとはもう説かれた。かれの一番めの正妻は左大臣その人の長女だったのだとはもう説明された。その左大臣も現在は職を辞した。致仕の大臣だった。とはいえ世間はあいかわらず左大臣と呼ぶ。

かれは、これはもう言ってもよいとかんがえているのだが、生き霊ではないその女とはここ流寓の須磨にあって、つまり須磨の地から、文通をしている。きちんと魂魄を体内に留めている六条の御息所は、便りを見るに筆跡は優美の窮みで、その文章を読むに教養は依然深く、手紙に焚きこめた香の種類もさすがで、美点しかない。つまり「あてやかである」と証すから文通をしている。六条の御息所はいま伊勢にいる。

伊勢、須磨、そしてかれら二人のいない平安京。

かれは制作に没頭した墨描きから顔をあげる。

うつほの物語の四枚めの絵から視線をあげる。

俊蔭の娘から。蛍光から。仲澄の亡霊から。

しかし物語絵が口にした最後の名前からは耳をあげない。あて宮。全二十巻のうつほの育てた二本の樹幹のその一本を支える最重要人物。かれは、そうだ十六人だ、あて宮の求婚者は十六人だったと記憶から解を出す。幾人もの貴公子からの求婚というのは赫奕姫の物語にもあって、独創的ではない。五人から六人の求婚者がうつほでは十六人に増えているからといって、それは赫奕姫の物語の変奏でしかない。だとしたらあて宮のその幹を、いかにして一枚の絵画に容れられる？　そのうつほの物語の第二の幹をただ一枚の絵の内側に凝縮するならば、とかれは十一月、十二月とかんがえて、いちばん独創的な求婚者を出せばよいではないかとの結論に至る。それこそうつほにしかない独創的な求婚者の、独創的な挿話。

そこにはあて宮が登場するが、同時にまた、あて宮の偽者も登場する。

画面には、つまり、二人のあて宮が現われるのだ。

そして、たぶんそれだけでは足りない、とかれはさらにかんがえる。やはり第一の幹との接続も要るから、仲忠も出す。四枚めのうつほの物語絵に描かれるのよりも若い頃の仲忠をこの五枚めに出す。たとえば二十の仲忠を。七絃の琴を弾じている仲忠を。それだけでも足りない。琴の演奏において仲忠の好敵手であり、あて宮への懸想においても競う貴公子というのを出そう。そのうえで画中の懸想人二人には奇瑞を起こさせる。

これは超凝縮だとかれはかんがえる。

あて宮の側の幹の、その物語るところの要約ですらない。

しかし冗長で散漫な展開はいっきに捌ける。破綻も消せる。いろいろな矛盾に訣別できる。

十二月の十五夜を前にしてかれは構図をかんがえる。あて宮と偽あて宮。仲忠とその相似形のような貴公子、二人の若人。二つの琴。

仲忠でないほうの貴公子の名前は？

上皇のご落胤、まさに才色兼備の、源 涼。

そして筆を執らんとするかれは須磨の山荘に寓居しているのだけれども、描かれんとしているかれ等のほうは京の都にいる。画中のかれ等は神泉苑に。

琴が鳴る　五

二人の貴公子が七絃の琴の競演をしていて、目も、耳も奪われます。一人は藤原仲忠、その齢は二十歳、演奏するのは霊琴の南風であって秘曲の披露も続々。もう一人は源涼、年齢はといえば二十一歳、奏でるのは南風に勝るとも劣らない秘琴のすさの風。その名にあるすさとは荒でもありましょうか、涼は大曲を弾琴します。それはそれは凄まじい荒の風、そして涼の凄まじい美貌。これまた仲忠に勝るとも劣らないのです。そして、凄まじいといえば涼のその財力です。祖父が紀伊の国随一の大富豪で、世間では「財の王」と呼ばれている。宮仕えさせた娘が当時の帝に寵愛されて、孫が陛下の落とし胤となったものですから、そればもう可愛がる、おおいに可愛がる、というのも娘のほうは孫を産むや逝ってしまい、つまり祖父の自分がこの孫を養育することになったものですから、忘れ形見としても鍾愛する。持てる財産を投じてです！　というわけで涼は、大邸宅に育ちました。学問の師も芸術の師も都から屈指の者たちを迎えて、すべてを修得させました。また、その琴の技倆といったら！　これはもう名手中の名手、というのも、その師匠は丹比弥行だったのです。弥行はあの清原俊蔭に勝るとも劣らないと賞讃されていた七絃の琴の演奏者で、俊蔭同様に異国でこの楽器の奏法を学び、というのも遣唐使であったからなのですが、そのあたりの経緯もやはり俊蔭同様。そして俊蔭とは藤原仲忠の祖父、いぬ宮まで連なる七絃の琴の一族の始祖ですから、なるほどなるほど、源涼と藤原仲忠のこの二人の貴公子の演奏が、どちらが勝った、どちらが劣ったと論じて定められないのも道理です。

涼の演奏は仲忠に比肩するのです。

涼の美貌も仲忠に並ぶのです。

かつ、すさの風、南風は並び立つ二面の舶来の秘琴なのです。

時は紅葉の季節のその宴会、しかも主催されたのは今上の帝、ところは平安京の大内裏の南、神泉苑。都の貴顕たちの目は、耳は、この二人の貴公子の弾琴に奪われています。そして弾琴する若い二人の心はといえば、あて宮に奪われています。仲忠は少し前からあて宮に懸想している。そして涼もほんの少し前からあて宮に懸想している。この二人に「恋の決着はどうなりますか？　どちらがあて宮を射とめそうですか？」と尋ねたいところですが、真の演奏者は無心です。競演のさなかの現在尋ねても口を開こうはずがありません。では、だれならば口を開きそうでしょうか？　あちらにはあて宮がいて、この美姫こそは懸想に懸想されている当人、そうであれば事情をもっとも詳細に物語れそうですが、どうでしょうか？

残念、あて宮は寡黙な性格なのです。

ですからあて宮その人には頼れません。

そのあて宮の求婚者というのは、数えれば十六人います。藤原仲忠は恋路に入ったのが遅いほう、源涼はいちばん遅いほうです。この二人は藤原氏に源氏、他の氏族からの求婚者は平氏も、橘氏も、良岑氏も、滋野氏も、三春氏もおりました。もちろん朝廷の高官たちは揃っていますが、それなりに貴賤入り乱れる様相です。また姓のない求婚者も幾人かいて、というのもかれらは皇族だったのですね。親王たちです。

うちお一人は上野の宮。

と、このようにご紹介してもだれもご存知ない。それはなにゆえ？　上野の宮が世間から忘れられた老親王だったからです。おまけに少々ひねくれ者だったからです。いえいえ、奇矯と言い換えましょうか。それとも変梃りんと言い直しましょうか。そんな人物でしたから、この老親王があて宮に手紙をお贈りになっても、あて宮は宜なるかな、相手にしない。上野の宮は幾たびもお歌を贈るのだけれども梨のつぶて。

そこで上野の宮はご計画をなさるのですね。

その事の顛末にいちばん通じているのだとも説ける人物がおんなじ情景の内側にいます。あて宮です。いえ、あて宮ではありません。あて宮の偽者です。しかし年齢はいっしょの十四歳。美々しさもそこそこいっしょの器量よし。しかし身分の違いは甚だしい。あて宮は上臈も上臈ですが偽者のほうは下臈です。あて宮の父親、当節栄耀栄華を窮めていらっしゃる大納言左大将に仕えているのです。おや？　こちらの娘はどうやら寡黙とはほど遠い。この偽あて宮は、どうやら事情を語りたい、詳細に物語りたいと望んでいる。なるほど、なるほどなるほど、真の当事者だから？

それでは偽あて宮に頼りましょう。

「はい、あたしです。あたしは下臈です。あて宮のお父様のお邸の下仕えをする者でしかありません。けれども、そんなあたしでも、舞台の表側に立てたりする、事情はこうですよ？　それも裏側の経緯が、こうだったんですよ？　あて宮にぜんぜん相手にされなかった上野の宮は、いろんな人たちに相談したんだそうです。それもですね、呪術師に巫女に博打ちに牛飼、それから平安京を徘徊するいろんな無頼の若者たち、こういうのも『人』って呼べるのかなあ、とかって、首を傾げちゃう輩を集めに集めて『どうしたらあて宮の関心を惹けるのかね。わたしは？』とかって訊いたんだそうです。大胆ですよねえ、上野の宮は。変わってますよ、上野の宮って。はい、あたしは下臈なりにそう感じてまして」

と、このように語る偽あて宮、期待できます。

赤裸々な仔細が聞けそうです。

「核心部分じゃないところは省きますね。でないとあたしが前景に出るのに時間がかかるでしょうし。いつまでも偽者のあて宮が要り用にならない、とかってこともあるでしょうし。無頼の若者たちが、結局、こんな提案を上野の宮にしたんですね。『おれたちって京の都に何人いると思います？　右京と左京とを併せて数えて六百人はいますよ、六百人は！　おれたちの類い、洛中をうろうろする物若やかな無法者がです。それから博打うちが、こっちも同数はいますよね。だったら、上野の宮様、合計したら千二百人ばかりですよ。できますよ、実力行使が。あて宮の強奪ですよ、強奪。大集団で武装して襲って、宮様、奪っちゃえばいいじゃないですか。あて宮なんて。どうです、上野の宮様』って、どういう計略でしょう？　無法に過ぎます。この献策には博打うち勢もおおいに顔を顰めて、『その謀略、笊すぎる』と指摘しました。あて宮を掠奪するにはよいが、と前置きして代案を献じましたが、この『掠奪婚には賛成する』とかって姿勢もほんと乱暴です。無法が過ぎます。でも、計画はどんどん固まるんですね。東山のあのお寺、道隆寺で偽の法会をやる、御堂の落成供養のそれを上野の宮のお名前のもとに催す、かなり大掛かりに法会を営んでそれはそれは壮麗な見物になるようだ、盛大な見物とするようだ、などと事前に喧伝すれば大納言左大将家もひっかかる、とかって。平安京じゅうにこの噂が滲透すれば左大将家は当日こぞって娯しみに見に来て、そこであて宮を掠めれば万事解決、って。まあ凄い、といまのあたしは感心してしまいます。こういう計画は洩れないのかしらとも思いますね。洩れたのです。あて宮のお父様は真の情報をちゃんと捉まれて、情報戦ですね、情報戦、そうして嗤われました。策略には策略を。偽の法会には偽の何者かを。

あて宮のお父様は『いいだろう。盗ませてやろう。おれの九女を』とおっしゃったのです。あたしは、えっ、とかって思いましたね。それからあて宮のお父様にしてあたしの主は、『偽の法会には偽のあて宮を。それを盗ませてやろう。お前だ』ってあたしを指しておっしゃって。あたしは、えっ、ええっ、とかって。それからあたしのご主人は立派な装束をあたしに着せ、三人もの付き添いをあたしに付け、黄金造りの車一輛と檳榔毛の車二輛を用意させてからあたしに『黄金造りの車に乗れ。道隆寺へ行け。お前は出発するや、あて宮だ。以後、自分をおれの九女だと思え。お前はあの上野の宮に奪られ、そして娶られるのだから、以降は親王の正妻となる。その暮らしは幸福だぞ。おれはお前を満ち足りた人生に送りこめて、やはり悦ばしい。というわけで、さあ、発て。おれの九女、おれのあて宮』とおっしゃって。訣別でした、それが。お父様との訣別だったし、それはあたし自身の、下臈のあたしとの永訣でした。あたしは上臈になる。むしろ上々臈になる。あたしはあて宮になる。ええ、ええ、なり切りましたとも。そして偽の法会で、破戒僧たちも大暴れして、あたしが付き添い等とともに乗車した黄金造りの車は奪われましたとも。偽のあて宮だとみんなが思いなしているあたしは強奪されましたとも！　あたしはもう、身も心もすっかりあて宮なのに！　そのことを理解している上野の宮様が無法の過ぎる連中に正義の力を揮(ふる)わせて、盗みださせたというのに！」

と、ここまで語ると偽のあて宮は急に口数が寡(すく)なくなり、その様子はまさに寡黙なあて宮です。

「婚儀は七日七晩続きました」

とは言いました。

「あたしと上野の宮様との婚儀(それ)は」

とは語りました。

「あたしは、こんにち、幸福です」

とはまとめました。

しかし偽のあて宮は、もしかしたら皇族の正妻となった虚実の実のあて宮は、隻句(ひとこと)だけ語り足りないとの表情はしているのです。いったい何を言い落としたのか？　そこに耳を傾けましょう。

「以来、あたしは宮様邸にずっとおりますので、囲われておりますので、出向けなかったのです。神泉苑での紅葉の賀に。見られず、聞けもしなかったのです。仲忠と涼の二人の貴公子の件(くだ)んの七絃の琴の妙(たえ)なる競演を。あたしは、目を奪われたかった！　あたしは、耳も強奪されたかった！　あの二人の演奏は奇瑞も生じさせたそうですね。天地は鳴動して、大粒の雹が降った、雷は鳴りわたった、稲光が閃いた、雪が降るには降ったけれども消えた。そうした瑞験の発生ばかりか、天人も舞い降りたそうですね。見たかった、聞きたかった！　でも、でも。でも。あたしはいまや既婚の女人。愛執するのは上野の宮という一人の良人。だから、いいの。二十一歳の涼だの二十歳の仲忠だの、そうした若人たちの名演に愕き、みなと口を揃えて『を』と言い、妙音にひたるとともに源氏の涼を、藤原氏の仲忠を、つまり端麗な二人の懸想人を観察して、ああ涼はまるで偽者の仲忠、ああ仲忠もさながら偽者の涼、どちらにも魅入られてしまいそう、とかって感じるかもしれなかった危険な機会は、逸してしまえていて大変にいいの。あたし、あたし。そうなの、そうなの。さようなら神泉苑。さようなら下﨟のあたし。さようなら、あたし。さようなら偽の涼、偽の仲忠」

超空洞

須磨を旅行すると妙な気持ちになる。兵庫県神戸市の須磨区のことを僕は言っている。あそこには須磨寺があり、この仁和二年（西暦八八六年）創建の古刹の正式名は上野山福祥寺、いま上野山と書いていて、上野の宮、と連想せざるをえない自分がいたが、さしあたり『うつほ物語』よりも『源氏物語』である。この須磨寺の境内には光源氏が手植えした桜があるのだ。京の都に残した正妻、それは二番めの正妻だが、その紫の上を思って植えた「若木の桜」なのだという。それからまた須磨には現光寺もある。藩架山現光寺、ここは光源氏が侘び住まいをした山荘跡なのだと伝えられて異名は源氏寺、その境内には実際に「源氏寺」の石碑も立っていて目立っている。が、僕がいまさら説明するまでもないが光源氏は虚構（『源氏物語』）内の人物であって実在はしていなかった。どうして非実在者が桜を植えられたのか？　その桜が現在もあるのか？　どうして現実の須磨に住居の跡を残せているのか？　一笑に付すのはたやすい。しかし、虚構の人物であった光源氏がこちらに、現代日本に滲みでてきていると捉え直すと、どこかひやりとする。また、摂津の国の須磨の浦ではない現代の神戸市の須磨がいわば光源氏という非実在者を歓迎しているのだとかんがえると、僕は若干の恐怖すらおぼえる。現実世界というのは貪婪だな、と。

東京西郊の自宅の庭で竹を伐っていると不思議な気分になる。うちの庭場に自生する竹は細い、生長しきっても二、三メートルにしかならない叢竹だが、それでも竹は竹だ。管理が要る。そして、やはり竹は竹だ、ひと節ごとに連なる構造となっていて、つまり円柱の連結である。伐るとわかるが、一円柱一円柱、竹のその筒の内部は本当に空だ。当然、そんなものを手にとって眺めていると『竹取物語』のことを連想する。僕の自宅の庭では現在までのところ光っている竹筒は発見されていないしその筒の内側に「三寸ばかりなる人」は出現していないが、僕は、つまり空洞なんだなとは認識する。それは赫奕姫を収納できるほどには空ろだ、つまり竹の筒というのは、うつほ、である。

ということは、と僕はかんがえる。
ということは、赫奕姫のその物語もうつほの物語である。
『源氏物語』の「絵合（えあわせ）」巻に『うつほ物語』の書名が登場するとは前に解説した。だが要（かな）めとなる絵合というのは何か、を説き忘れた気がする。絵合というのは遊戯（ゲーム）である。ふた組に分かれて絵画作品を出しあって、その優劣を競う。では『うつほ物語』の物語絵に、『源氏物語』の「絵合」巻中、対決させられたのは何か？　それが『竹取物語』だった。やはり『竹取物語』こそは仮名（かな）文学の始祖である。この事実を『源氏物語』の作者は言葉を換えて、物語の祖（おや）だ、と高評価している。そして、この始祖たる『竹取物語』もまたうつほの物語だとはどういうことか？　たとえば『竹取物語』には赫奕姫への求婚者が五人登場して、まあ実態としてはこの五人以前にも多数いたわけだが、人物名をそなえ読者側の記憶に残るのは五人、それと最後には天皇も求婚するので合計六人、いっぽう『うつほ物語』であて宮に懸想（けそう）し求婚するのは合計十六人。この人数増加は必然的に『うつほ物語』という後発の作り物語に長篇化を要求した。というか大長篇化を要（もと）めた。いまの説明の前提だが『竹取物語』は短篇であり、その構成は端（きち）んと整い、僕（この短篇物語の読者）の印象をひと言でまとめれば首尾一貫している。いっぼう無節操に巨大化した『うつほ物語』はその構成は綻(ほころ)びだらけで、それが無節操ということなのだけれども七絃の琴の一族の物語(それ)に関してならば首尾一貫している。『うつほ物語』には二本の幹があると認めるならば、あて宮ではない側の樹幹は直線に生長したということだ。しかし『竹取物語』の求婚の譚(はな)しの話型を踏まえたあて宮の物語(それ)のほうは、竹の筒を空洞と認識する位置から語ればそのうつほを異常発達させた。

懸想人が六人納まる空洞があり、十六人を収納せんとする空洞があって、後者は前者を二・七倍すれば剰(あま)りが出るというわけではなかった、という現実に僕は物語の数学を発見する。

竹のひと節の空洞があった。それが『竹取物語』である。

巨木のうつほの空洞があった。それが『うつほ物語』である。そのうつほは京都の北山の大自然が産出した。

そして「踏まえる」だの「踏まえられる話型がある」だのの筋道に戻れば、話型とは空洞だと僕は発言できる。空洞は貪婪だ、空洞というのは強欲だと僕は自説を述べられる。なになに譚(たん)が再生産される、その際には本邦の物語文学にはもっぱら前述の物語の数学が適用(アプライ)されたようだ、このように僕は意見を口に出している。さて作り物語を直接に「作る」アプリケーションは、それでは作家だろうか？　社会か？　それとも物語（それ）か？

　これをかんがえる前に忘れてはならない一点をここに刻む。この原稿にだ。『竹取物語』は八月十五日の夜、満月の、赫奕姫昇天の場面で実質終わる。その後に添えられるのは余談である。

『うつほ物語』も同月同日同夜で終わる。余談は、未来の予告として添えられる。そのうつほの物語の、書かれていないし語られない続き（未来）の予告……。

　空洞の射程はそこまで拡がっている。

　かつ、ある伝説では、『源氏物語』は八月十五日の夜の、満月の、須磨から起筆された。

　主人公は光源氏である。

　光る君である。

　ところで赫奕姫というのは？

　僕はずっと漢語の「赫奕（かくえき）」をかぐやに宛（あ）てているが、このうちの最初の一字、赫、とはまばゆいほど光っているということである。後ろの一字、奕、はその光輝がつぎつぎ重なる、そうした様子を表わさんとしている。

だから僕が、光、光、光と三度ここに執拗に書いても、この一文字の繰り返しは、赫奕、の二文字には及ばないし、赫、の一字にすら照明力で負ける。

本筋に帰ろう。

日本の物語文学は空洞をマトリックスにしている、と僕は発言する。譚しを転がしながらの巨体化、巨大化はそれゆえに高い確率で出来する。

この原稿を僕はいま手書きしていて、平仮名の三文字、うつほ、とわが手が書き記したのはいつだったかの記憶をたどれて、そこには『平家物語』全十三巻の現代語訳の体験があった、そこで『平家物語』にこそ実例を求めなければならないからそうするが、全十三巻または十二巻の『平家物語』というのは本来は琵琶法師の演奏のテキストで、そうした次第だから『平家物語』には異本も多い。だれもがあの歴史文学を奏でたり歌ったりはしない。弾じられて謡われるものに耳を傾けるだけでもない。読む、そういう人間たちがいる。つまり観客であるよりも読者である、そうした層が誕生して成長する。ここに「読まれる」平家の需要が増して、江戸時代にもっとも普及した異本は『源平盛衰記』だった。全四十八巻ある。それよりも何よりも題名である。この物語はもはや平家の物語ではない！　源平、すなわち源氏と平氏の物語である。僕はかんがえる以前に直覚してしまう、幹が倍化した、と。大部の『源平盛衰記』では物語のその樹幹は二本なのだ、と。全十二巻あるいは十三巻から全四十八巻へ。何が増えたか？　源氏の挿話が数倍増補された。その勢いのままに説明は過剰になり、と同時に矛盾も重複も氾れた。辻褄は合わない、そこかしこで合わない、しかし整合性の抛棄は物語をドライブさせる、うつほに鬨の声を反響させる！　かつ、この『源平盛衰記』全四十八巻は国史（歴史書）として認識され、享受された。もっとも流布した江戸時代にだ。空洞をマトリックスとする日本の物語文学、つづめれば日本の「空洞物語」は、あの始祖である『竹取物語』の一千年後に、具体的には坪内逍遙が文学論『小説神髄』であらゆる「空洞物語」にとどめを刺す明治十九年（一八八六年）前後までに、そのうつほに日本の歴史すらも内蔵した。

たとえば『源氏物語』の「蛍」巻で、光源氏はこう主張した。「もしかしたら国史の類いによりも、作り物語のほうにこそ詳細な歴史が書いてある」と。それは光源氏の物語論である。

その「蛍」巻で、かれは物語には効用があると発言している。実在はしていないかれ、虚構の物語内のかれが、そう意見した。

さて光る筆を見よう。

光る筆　六

かれは見ている。閑居する須磨の山荘から海を。漕ぎすすむ何艘もの舟が沖にあって、かれの耳には舟歌が届きそうだが届かない。なかには小鳥のような舟影もあって、そこからは舟歌は届くはずもないなとかんがえると船頭たちの口もと喉もとが脳裡にあざやかに浮かんでしまい幻の歌詞が届いた。それは野卑である。だがしかし雄弁である、浦波にも唱和している。かれの山荘は高台にあって、そもそも須磨では峻しい山地が海岸に迫るのだけれども、だからこそ見下ろせている。海を。

昨日今日は雪は降らない。

降り荒れる雪も幾日かに一日はある。

するとかれも供人(ともびと)たちも暗鬱な感情から逃(のが)れられない。

だがしかし、海、そして舟であれば。

また周辺の漁家(ぎょか)からたち昇る煙であれば。柴を燻(いぶ)している白煙黒烟(しろけむりくろけむり)であれば。慰められもするのだといまではかれも知った。

だからこそかれは見ている。

見下ろしている。海を。

舟歌をも幻聴した。

そして再度かれは検証に戻る。

かれは検(あらた)めている。今度は膝もとの墨描(すみが)きを見下ろしている。その筆致とその構図。たぶん後者こそはかれが固有に幻視したものだ。あて宮がいて偽あて宮がいる。藤原仲忠(ふじわらのなかただ)がいて源　涼(みなもとのすずし)がいる。七絃の琴が二つあって二面ともに舶来の秘琴である。奇瑞(きずい)が生じていて画面を囲んでいる。

　ここに凝集されているとかれは確認できた。やはり確かめられたのだった。音楽の霊力に祝福されながら、美が、あて宮の美が、その幻像でもある偽者のあて宮の美が、それから偽あて宮の担った求婚談の委細とそこから照射または推量される十数人ぶんのあて宮求婚の物語も、確実に凝集されている。ここにあて宮をめぐる挿話群は描出され尽くされないことで語られきった。かれは、描けてしまったのだ。たった一枚でうつほの二本ある樹幹のうちの一本を。その太い巨きな一本を。すなわち、かれは、こう証明したに等しい。枝葉の猥雑な繁茂にほんとに要るのは剪定だ、ほとんど蛮行かとも速了される類いの截ち切りなのだし、美しい構図を授けることなのだ、図画に限定して言えば。

この直観だけが長大化した物語を超縮小できる。

この、眼下の、一つの画面のこの豊饒さはどうだ?

かれは見惚れる。

みずからの膝下の手ずからの絵画に魅入られる。

そして怜悧なかれは頭が切れるがゆえに検証するやいなや気づいている、二点の真実に。その一点め、このように絵であれば一枚ですんだからといってうつほの一巻一巻が不毛であったという結論にはならない。あて宮への求婚の挿話群はたしか八巻九巻にわたって十六人ぶんが展開した。もしかしたら不毛の一巻はあったかもしれない。しかし実りのなさがそちら側に存在したからこそこちら側の豊饒は実現した。二点め。巨篇に化けていった虚構の物語を極度にちぢめる作業は、なりゆきに照らしても費される時間を考慮しても、超縮小のその画業は数日で行なわれたのだから、志向は逆しまである。
　方向が逆なのだ。
　かれは顔をあげる。
　海がある。
　かれは顔をさげる。
　五枚めのうつほの物語絵がある。
　ここまで逆向きにうつほの物語のその絵を描いてきたとかれはかんがえる。いちばん終いの場面を最終巻より採って、そして一枚一枚、いわば巻序をさかのぼって描いてきた。その全二十巻の順番を遡上してきた。で、いまは？　かれは愕然とする。あて宮のほうのうつほの幹はここまでの検証が示すようにもう描き了えている。すると、いまは？　大長篇のうつほの物語はその二巻めまでがかれの絵に包含されている。わずか五枚の絵に。二巻めの後ろには三巻め以降がある。合計十八巻ある。二巻めの前には一巻めしかない。
　首巻の「俊蔭」しかない。
　このうつほの物語の第一巻の現物は、携えられてきている。流寓の地である須磨にも。かれが唯一携行してきた楽器の、あの弾物、件んの七絃の琴といっしょに、しかるべき書物の箱に納められている。京の都より搬ばれてきている。再度かれは愕然とする。首巻「俊蔭」はこの寓居にあり、開いて読まれることを待っている。

待ちもうけている。

本当か？

かれは自問した。

描かれることを待ちかまえている、まず描かれることを。かれはこう自答した。光る君と呼ばれるかれはうつほの五枚の物語絵を制作するここまでの月日、おおよそ五ヵ月余り、最終巻から第二巻までの内容を記憶にもとづいて咀嚼し、その光る筆を走らせてきた。五枚を描きあげてきた。しかるがゆえにかれはかんがえる、もう少し同様に臨むべきではないのか？　いま少し同様に遡上するべきでは？　さかのぼれるとしたら、だれの、何にだ？　かれは源涼とともに奇瑞を起こした藤原仲忠の、すなわち七絃の琴の一族のほうの物語の幹にどう移るかをかんがえて、仲忠のその琴の奏法だが、だれから、どのように伝わったかを探求する遡行は可能であって、そもそも俊蔭の娘がそれを回顧する場面は四枚めの絵に含まれていた、帝の御前で俊蔭の娘は、北山のうつほに暮らしていた頃をその弾琴直前に回想していた、仲忠には六歳で秘琴をあたえて、指導した、すると翌七歳で仲忠はわたしにも劣らない技倆となったのだったと俊蔭の娘は、そうだ、すでに記憶をたどっていたではないかとかれはかれ自身の記憶をたどれて、記憶の絵画のその本質にゆさゆさ揺さぶられ、愕いている。母親。母親。誕生の瞬間にゆけばよいのだとかれは直覚していたし、それはうつほの二枚めの物語絵の、いぬ宮の逆成長絵画の方法を採るということだった。藤原仲忠の一歳の一日めへ逆行する。だがしかし、何歳から？

ここでかれは思いあたる。

仲忠はもともとは藤原氏ではなかったと。

清原氏の母親のもとで育てられていたのだと。

母子で生きていたのだから。北山の巨木のうつほに籠もって。

そもそも元服するまでは仲忠という名前も授けられていないはずで、しかし幼名は判然としない。それはうつほの物語の読者であるかれの記憶にないからで、だがそれだけか？　そもそも物語の本文にもない、ということがあるのではないか？　なにしろ俊蔭の娘は俊蔭の娘であり、作中に名前が出ない。その名前のない母親から産まれた男子が仲忠なのだから、仲忠はただの俊蔭の娘の息子だと説ける。しかし元服するや藤原仲忠だとはより断乎と説けて、それは藤原氏の一員として出仕したということであり、それ以前は藤原氏としての公けの宣言はなかったということであり、清原氏の系譜とのつながりがより鞏固だったということでもあり、すると分岐するのは姓氏が藤原か、清原かなのであって下の名前の仲忠ではない。

すなわち元服以前も仲忠は仲忠でよい。

そして肝要なのは何歳で元服したのかだ、となる。

十六歳だ、と答えるのはかれの記憶である。かれという読者の。

十六歳で藤原仲忠は誕生する。かつ、一歳のその一日めにも藤原氏ではない仲忠はやはり誕生するのだ。

かれはさらに閃きに衝かれる。母親。母親。母親から生まれるということは、それが初子である場合には、産むという行為を経ることで母親のほうもまた誕生する、存在しだすということである。出産する以前は、いいや懐妊する以前はと言い直すのも半分ほどは妥当だが、俊蔭の娘は俊蔭の娘でしかない、仲忠の母親としては存在していない。

そこだ、とかれはかんがえる。

つぎの六枚めの絵画ではそこまでさかのぼれるのだ。

かれは準備する。

須磨の冬に、準備する。

時にふれて、民家からたち昇る煙を眺めて。時にふれて、海の貝類を食べて。頻繁に波の音を聞いて。降雪を憂えて。光る君がその光る筆を執(と)る支度をおおいにすすめると、かれ、光る君はなんだか以前にも増して飢える。というのも、かれは海よりも山に惹(ひ)かれ、須磨よりも平安京にずるずると牽(ひ)かれがちなものだから。かれが口と腹にいま入れたいものは雉子(きじ)。鴨。鶉(うずら)。それから鶏も。野趣、そして美食。美食。

かれの食欲が、描け、と告げる。

琴が鳴る　四

そして藤原仲忠は生まれました。

元服して生まれました。元服とは初めて冠をかぶる儀式であり、初冠とも呼ばれます。初めて髪を結うということもします。そうやって成人した仲忠は、こんにち十六歳。とうとう宮廷に出仕する者となる。端整かつ愛らしい貴公子の誕生です。これが十六歳の仲忠。

しかし十五歳でも仲忠は仲忠だし、十四歳でも、十三歳でもそうです。これらの仲忠は齢十六の藤原仲忠とどこがどう違うのでしょう?

比較のために十三歳の仲忠を見てみましょう。

なるほど、童形なのです。いちばんの特徴は結髪していない点。頭の毛はまんなかから左右にわけて、両方の耳のところで輪の形に束ねています。総角（あげまき）の髪型です。その童形の仲忠ですが、どこにいますか？　洛中にいます。三条大路の北、堀川小路の西、そこに構えられた大邸宅にいて、貴公子としての教育を受けています。漢籍を読んで笙（しょう）や横笛も習い修める。その邸（やしき）は右大将兼雅（かねまさ）の持ちもので、というのも藤原兼雅こそは仲忠の父だったのです。その三条堀川の邸には二十人ほどの侍女がいて、さらに多数の下仕（しもづか）えがいて、仲忠とそれから清原俊蔭（きよはらのとしかげ）の娘に奉仕していて、というのも俊蔭の娘こそは仲忠の母だったし、前年からは藤原兼雅の正妻だったのです。

十二歳でも仲忠は童形です。

十二歳のある時からは仲忠の母親は仲忠の父親の正妻です。

十二歳のある時からは仲忠の父親は仲忠の父親です。

しかし、三条堀川の美しい大邸宅に迎えられる前は？　見事な調度品ばかりを揃えた藤原氏の右大将邸に母親とともに移る前は？

藤原兼雅は仲忠の父親でありながら父親ではなかった。俊蔭の娘は兼雅と契（ちぎ）ったことがありながら兼雅が何者であるかを知らなかった。そんな次第ですから三条堀川邸とも縁がなかった。では母子（おやこ）はどこにいたのでしょうか？　兼雅の御殿（ごてん）

では美々しい装束を身に着け、美味いものを口にして腹に入れている。しかし洛中に住まう以前の恰好と食糧とは？

それでは十二歳のある時の、その前を見ましょう。同じ十二歳の童姿の仲忠の、そして母である俊蔭の娘の、いるところ、着ているもの、口にしているもの。

北山のうつほの内側にいます。

巨大な杉の木が四本、たがいに幹と幹とを凭せかけるようにして、稀少な空洞を産みだしている。北山の奥の大自然が四本を一本の巨樹に変容させて、稀有なうつほを産出して、母子の居住空間を用意した。家屋ならぬ家屋、部屋ならぬ部屋。しかしながら、たしかに、そのうつほは俊蔭の娘とその息子、仲忠の暮らすところでした。

そして二人は、少なくとも二人のうちの一人は、木の皮を着ました。

二人は、木の根を食べました。

この母子の友は獣たちでした。この母子は猿たちに養われているとさえ語れます。それではこの母子は、ともに惨めで醜い存在だったのでしょうか？　それがそうではないのです。そこに住み、それを着、それを食しているのに、美しかった。仲忠がです。この少年は光り輝いている。母親もです。齢は二十七歳であろう俊蔭の娘はその美相に衰えがない。
　しかし、ないものはありません。仲忠には美しい母親はある、だがしかし父親はない。仲忠を「実子である」と認知する父親がいない。それから、仲忠にもその母親にも七絃の琴はある、波斯(はし)国すなわちペルシア国を経由して日本国に至った秘琴があって、修められた秘曲もあって、けれども奇瑞(きずい)というのはない。まだ一度も生じていない。が、仲忠が十二歳のある時のその前の、ある三日間、いいえ五日間にないものはあるようになります。つぎつぎ「ある」が連続して、その後にはもう母子は北山から洛中へ、うつほから三条堀川邸へと移り、もはや木の皮は着用しないし木の根を常時の食用とはしない、そして母は右大将の正妻に、子供は右大将の嫡子(ちゃくし)にと変じているのです。
　そうです、五日間です。
　その場面は連なります。
　十六歳から十三歳、十二歳のある時点までの仲忠というのが数珠(じゅず)の玉のようにつながるように、五日めと二日め、そして一日めが絡み、結ばれ、つながるのです。その一連をまさにひと連なりに眺めましょう。そこでは父子(おやこ)が再会する、しかし先んじて父子は初めて邂逅している、この遭遇に導いている弾琴(だんきん)があって、その妙なる演奏に先立った奇瑞があって、これ以前から神韻を帯びる弾琴は続いている。そして戦さの予感。

さあ、これらです。

五日間のこれらが一挙にです。

ひと連なりの場面を一つの場面として、さあ、さあさ、ひと息に眺めます。

戦さの予感。四百人いいや五百人もの東国の武士が北山に陣地を構える。その大将は京の都に敵がいて、いずれ合戦をして怨みを晴らそうと人里離れた山中を占拠した。四百人が糧食用にと鳥を捕らえる。五百人が連日その種類も問わずに獣を獲る。北山の禽獣という禽獣が慄える。山が怯える。俊蔭の娘と仲忠の母子もうつほにあって怖じ、この脅威は極限だと了る。何に頼ればよいのか？　俊蔭の娘には父親の遺言がある。それは父親であり仲忠の祖父、清原俊蔭のその臨終の言葉だった。幸福が頂点に達したならば、あるいはまた不幸が頂点に達したならば、伝授された秘琴を鳴らせ。かき鳴らせ。そこでうつほに籠もる母親はあの南風を出す。秘琴のなかの秘琴の一つ、まさに霊琴である南風を出す。かき鳴らす。

仲忠がその演奏を見ている。

うつほの外側（そと）では山の高木が続々と倒れる。
山が崩れる。逆さまに。
崩落は武士たちを呑む。四百人を。
五百人を。

その武士たちは根絶やしにされて静寂が返ってきて、しかし俊蔭の娘は弾琴をやめない。夜になっても。夜が明けても。仲忠がその演奏を見ている。母が弾（ひ）きつづけている。霊琴を奏でつづけている。翌（あく）る日の昼を迎えている。うつほの外（そ）側（と）では、そして北山の外側（そと）では、帝（みかど）が北野神社に行幸なさる。そのお供を右大将の藤原兼雅も務めている。兼雅の耳には何かが聞こえる。それも北山の方角からである、いいや北山にこそ霊的な琴の音（ね）が響きわたっている。そのようにこの右大将の耳には感受される。この右大将にだけ捕捉される。不思議な不思議な、それは、七絃の琴だ。その演奏だ。確信した兼雅は隊列を離れている。山へと分け入っている。

山中では獣たちが伏している。
琴の演奏に敬意を払っている。
兼雅は五つもの急峻（きゅうしゅん）な峰を越える。

演奏音に大きくなりつづけている。
獣たちが伏し、もはや隙間がない。
なぜならばそこにうつほがある。
そのうつほの巨杉（きょさん）がある。
藤原兼雅はこれを発見する。それから息子を発見する。父子（おやこ）は邂逅している。また、若き日の恋人も発見する。契った二人は再会している。恋人はこの時、粗末な単衣（ひとえ）をまとっている。しかし美しい。顔容（かんばせ）はあまりに圧倒的に美しい。さすがに少女期との比較はやれないけれども。
そのうつほを出ませんかと兼雅は誘う。
山を下りませんかと勧める。だがしかし説得できない。一度は帰京する。日を置いて出直す。それが三日後のことで、そうです、一連の場面の五日めなのです。父子もまた再会している。かつ説得が成功している。日付の変わらぬうちに俊蔭の娘と仲忠は、北山から洛中へと移るのでした。
うつほから三条堀川邸へと移り住むのでした。
その移動に至る経緯（いきさつ）までのひと連なりの場面はここに閉じまして、さて、そこからは幾つの仲忠にさかのぼりましょう？

ほら。これは七歳。

仲忠は、祖父、清原俊蔭の琴の奏法を完全に修めてしまいました。

さらに、ほら。その先には六歳の仲忠。

もらうつぼにいて、母親から龍角風をあたえられました。そして母その人が弾じているのは細緒風。秘琴伝授の始まりです。おや？　この母子の演奏を聞いて、もともと北山に棲んでいた獣たちが続々と姿を見せます。鹿です。狼です。狸です。狐です。猿です。ある猿の親子はあまりの感動から、この日以来、母子のうつぼに飲料水と食糧とを届けるようになります。演奏会の聴衆はそれだけか。いいえ、いいえ。いいいえ。鷲もいましたし山鳥も現われましたし梟も。それから熊も。この熊なる山の王に至ってはそもそもの初めからいたのです。というのも、その稀らかな巨大なうつぼはもともと熊の一家の在所だったのです。だがしかし、父親もいなければ下仕えもいない家庭で、わずか齢六つにして母親を養おうとしていた仲忠は、芋を掘り野老を掘るために北山へと入ったのでした。椎を採り栗を採り、橡、柿、梨を採るために北山の奥へと分け入ったのでした。葛の根を掘るために、としているうちに六歳の仲忠はその見事なうつぼに出喰わして、ああここに母といっしょに住みたい、この内側ならば母と二人で住めると思った。けれども先住の者がいて、それが牝熊(めくま)に牡熊(おくま)、子熊等(こくまら)だったのです。が、この山の王の一家は仲忠に感心した。六歳の仲忠のその孝養心(こうようしん)に甚(いた)く感じ入って、うつほはゆずられたのでした。

この母親孝行ぶりの始点(はじまり)は？

前の年にあります。

五歳の仲忠を見てみましょう。俊蔭の娘とその子の仲忠はこの年、一人の老女房に世話されています。もとは俊蔭の娘の乳母(めのと)も務めた下女でした。しかし、この老女房が秋ごろに死んでしまいました。すでに貧窮していたのにいっそう貧窮し、すでに零落を窮(きわ)めていたのになおいっそう落ち、この母子は要するに「食らにも困る」を体現してしまって、ゆえに仲忠は賀茂川(かもがわ)へ出たのです。魚類(うろくず)を釣ったのです。母を餓(かつ)え死(じ)にさせないために！　飢えさせてはならぬ、餓死させてはならぬ、その念(おも)いからの齢五つの孝行息子のその誕生です。木の実を採ることも幼児(おさなご)はおぼえる。そこには御仏(みほとけ)の加護もある。

だが孝行息子の誕生にはさらなる誕生が先行する。

仲忠が乳児を卒業するのは三歳。

母乳(ちち)を吸わないほうが母は楽だ、そう判断したのでした。みずから乳離(ちばな)れを決断し、そうして乳飲み子ではない子供が誕生する。
　そして前へ。もっと前へ。
　ああ、ほんとに仲忠が誕生する。いまここに嬰子（みどりご）が。それは六月六日。この日が仲忠の一歳の一日め。
　ああ、ほうら、そして産んだのは俊蔭の娘。出産を終えるやいなやその胎（はら）は空っぽになる。虚（うつ）ろに、すなわち空洞になる。これは数年後のうつほを予言する。しかし産む直前までは膨らみ、しかも九ヵ月め、八ヵ月め、七、六、五と順々さかのぼるごとに順々とちぢみ、つまり仲忠となる男児が宿されている、判然と宿されているのだとの様子から離（さか）るのにつれてうつほからも遠離（とおざか）る。
　それではいっさいの始点（はじまり）は？
　前年の八月の中旬。三条京極に荒廃した邸宅がある。賀茂川のその川辺の邸であり、そこには十五歳の娘が住むだけだった。この春に母を、父を、乳母を亡くした俊蔭の娘が住んで、ただ一人の老女房にその寝食の世話をされているだけだった。そんな娘の邸の前を太政大臣（だいじょうだいじん）の賀茂神社への参詣の列が通った。たいへんに厳（おごそ）かに行列は通った。娘は、見物した。その娘を、だれかが見た。太政大臣の四男が見初（みそ）めた。いまだ元服前の藤原氏の少年が。それが清原氏の某（なにがし）のいまだ未婚の娘であるなどぜんぜん知らずに。夜、少年はその邸の敷地に忍び入った。七絃の琴がひそかに弾じられていた。賀茂川からの風が吹いてきていた。月明かりがあった。その京極の邸はだいぶ毀されて、入母屋造りの正殿が一つ残るばかりで、しかし正殿がまだ残るのだから塗籠ももちろん残っている。寝室でもある塗籠は。

そこにいるのではないか。

いますか？

琴を弾いているあなたは、いますか？

もちろんいたのです。もちろんいるのです。そして少年と少女は会話をして、少女はふたたび七絃の琴をかき鳴らして、その響きに少年は陶然となり、また畏怖もし、だからこそ少年はいついつまでもその琴の音を忘れません。たとえ十年が、十二年が経っても、いかほど空間が隔たっていても捕捉し損ねません。十年後。十二年後。ですが、それよりもいまなのです。この一夜のこの瞬間なのです。この八月の中旬の、月明かりも皓々とした、もしかしたら満月かもしれなかった一夜の、この一瞬なのです。二人は塗籠にまさに籠もる。

あとは運命にゆだねて、だがしかし運命は十年、十二年と待たせる。

光る筆　七

十五歳の少女は美の頂(いただ)きにある。だからこそ一夜の契(ちぎ)りも生じた。生じたのはそれだけではない。のちの藤原仲忠(ふじわらのなかただ)の誕生の契機も生じた。かれは確認する。わたしは齢(よわい)十五の清原俊蔭(きよはらのとしかげ)の娘をその美の絶頂期にある存在(もの)として描けただろうか？　かれは検(あらた)めるわけだが、たしかに描けていた。かれには余人(よじん)はおよばない卓出する画才があったし、その才芸をかれは自分でも認識していた。

一夜の契りが俊蔭の娘を仲忠の母にした。

一夜のその一瞬がたぶん母親を誕生させた。

画面の右から左へ、左へとかれは検証する。その一枚のうつほの物語絵の右端で、十六歳の藤原仲忠が初冠(ういこうぶり)して誕生する。その左側に十三歳の仲忠がいて、冠をかぶってもいなければ結髪もしておらず、童形である。しかし右大将家の若君として養育されているのだとは細部と周囲の描写からもわかる。さらに左方向に進んだ仲忠は十二歳で、そこでの仲忠は童形の若君であり、髪型は愛らしい総角、しかしほんの左側に視線をやれば、そこにも同じ身長同じ容貌の仲忠がいる、しかし髪はほつれて、上の直衣も下の指貫も脱いで木の皮を着て、北山の獣たちと交わっている、北山のうつほにいる。そして戦さの予感、母親の弾琴、山が崩落する奇瑞、父親との邂逅、その三日後の再邂逅と連続する事件の渦中にいる。ここの場面構成は上首尾だと讃えるしかないとかれは自讃する。そして、さらに左へ左へと進んで登場するのは七歳の仲忠、それから六歳の仲忠、そして山の王である牝熊に牡熊、子熊等、また、その先の五歳の仲忠は賀茂川で食糧とするための魚類を釣らんともしている。仲忠の身長は齢が七つ、六つ、五つと数を減らすとともにちぢんで、さらに左方向に現われるのは三歳の仲忠、この世に生を享けてから一年を経て、二年を経て、たったそれだけでしかないというのに乳離れを宣言した。それが数えて三歳の夏で、そこから二年ばかり遡上する、前々年の六月六日の場面になる。仲忠は誕生しているのだけれどもそれは母の、俊蔭の娘が身二つとなることで成就した。さらに画面の左方向へ進めば、もう仲忠はいない、そしているのは?

そのうつほの物語絵の左端に、十五歳の俊蔭の娘がいて、いまここに、一夜の契りを結ぶ。

母が誕生するのだ。

かれはこの一枚の墨絵は傑作だと讃える。まさに自画を自讃する。この画中では時間は逆(さか)しまに流れていて、しかし物語絵はこうした転倒を平然と受けとめている。受けとめているぞと鑑賞する描き手のかれは感受した。それから包容力だとも連想して、その寛容さはどこにあるのか? いずこに端を発するのか? それが空洞の、うつほの膂力(りょりょく)なのかと、そのような批評も瞬間的には展開した。時間が逆向きに流れても解体しない巨篇物語とはなんなのか。しかしかれは再度、画家としてのかれ自身の達成に意識を奪われる。時間を逆しまに経過させることがここでは許されている、この画中では。加えてこれまでに制作した合計六枚のうつほの物語絵のどれでも、どこでも、おそらく許容されうるのであって、その歳月の逆流や逆行を容受させている力の源泉は、真(まこと)の芸術性というそのことに尽きる。

卓抜した芸術作品であれば許されるのだ。

天も許すのである、七歳のいぬ宮が一歳となる逆成長を。十六歳の仲忠が一歳となり、母親の胎内に消え、十五歳の母親を誕生させるのを。

その逆転した理を。天も承諾する。

これこそが真実の芸術なのだとかれはかれの芸術論の結論を出す。その考察の前提にあって推理そのものを支えるのはうつほで、それもうつほの物語の大長篇であるがゆえの比類なき空洞で、こうした事実がかれが流謫のその地須磨で過ごしている時間の空虚さに、その空無さに、かつまた自覚されないかれの精神の空洞、生母への恋慕と継母への悖徳の恋慕とその継母の姪である現在の正妻への真摯な恋慕と、それら恋情および欲情の数珠つなぎにまことに騒然と反響しているのだとはかれはけっして了解できない。いまは洛中の二条院にいる二人めの正妻に先行して継母がいて、この継母から遡行して産みの母がいる、こうした歳月の逆行、こうした光陰の流れの逆向き加減に思い至れない。

かれの女性遍歴はみな、その空洞を濫觴とする。

その空洞は本質のところで、時間よ、逆流せよと希っている。

それがかれに固有のうつほだ。

ところで須磨で蟄居謹慎してはいても年は改まった。

かれは二十七歳になった。

ともに都を離れた随行者たちも一歳ずつ加齢した。例外はない。だれ一人その年齢が三十から二十九に減ったり、二十一が二十(はたち)に若返ったりはしない。そのような推移があっては不思議すぎる。だが、だがしかし。勢いを増す不思議はある。それを「然(さ)もありなん」と認めるかれもいる。その度を越した不思議はいまや併せて六枚に達したうつほの物語絵にまつわる。その度が過ぎる不思議を体験して証明するのはだれか？　かれの供人(ともびと)たちである。一つ加齢した惟光(これみつ)と、やはり一歳加年した良清(よしきよ)である。

合奏の遊びをしたのだった、かれと惟光、良清は。

これまでにも幾たびかは同じ遊興をした。しかし年が替わってからは初だった。慰めるために、かれは、かれ等(ら)とそれをした。七絃の琴を弾(だん)じるのがかれ。横笛を担うのは惟光。良清には歌をうたわせた。そして合奏が進んで、いいや演奏の最初の数瞬から、かれは「おや？」と思い、じき「おお！」とも思い、やがては陶酔もおぼえるのだけれど、吹き手としての惟光、歌い手としての良清はともに技倆(うで)をあげていた。かれの七絃の琴の調べは、むろん極妙(ごくみょう)である。が、惟光の横笛はなんとも飛躍的に熟達して至妙(しみょう)である。また良清の歌唱も呆気にとられるほど上達していて深妙である。前年まではこうではなかった、とかれは顧みる。前年の、そう、夏までは。春までは。須磨への退隠以前、離京する以前は。いや、それよりもやはりとかれはかんがえて、脳裡にあったのは満月である。それも八月十五夜の満月である。そこからふた月、ひと月、ひと月と、この供人等は跳ぶような向上を示したのか？　かれは思わず感涙して、琴を鳴らすのをやめる。惟光は吹くのを中断して良清はもはや歌っていない。泣いている、三人は揃って涙を落としている。

かれが尋ねる。「どうしてここまで上手になったのだい、お前たちは？」

惟光が神妙に答える。「耳をすましているからでしょうね。ひと月ごとに幾晩も、あれに」

「あれとはなんだい？」

「殿の、かのうつほの、物語絵から流れ出でます異界の音楽ですね」

「あれか。そのあれがいまも聞こえているのかい？　そのあれが惟光には聞こえるのかい？」

「あれは聞こえますとも。しかも今年になって、もう六枚、つごう六枚もありますとも！　おれは、そこから洩れ出でる琴の音に、この耳を鍛えられて」

「お前の音感は高い精度になったと、そう訴えたいのかい？　惟光は」
　ここで良清が口を挟む。「おれの音感がそうなりました、殿！　おれのこの歌唱は、いかがでしたか？　高精度では？」
「いかにも。いかにも、良清。けれどもそれはどうしてなんだい？」
「それはやはりあれです」
「あれか。あのあれが、お前のばあいは、ひと月にやはり幾たびも指導して？」
「それも合計六枚が、いまや教導するのです。どの物語絵もぶつぶつと言い、ぶつぶつと語り、物語って、おれを魅（み）するのです。だから惹（ひ）きつけて熄（や）まない声は、語る声や歌う声の質は、いいや本質は、それなのだとおれは知ったのです。おれはそれだと学んだんです。歌謡の心はそこに存（あ）り。これぞ謡（うた）いものの根源の音感！」
　二十七歳のかれは、「なるほど。お前たちは二人とも、触発されたのだね。わたしの絵画によって自分たちの音楽を」と言う。
　惟光が「はい、殿！」と応ずる。躍動感をもって。
　良清が「はい、光る君！」と応答する。元気に。
「それどころか画中の満月のその輝きも、おれは、画面の外側（そと）に見ました。こう、暈（ぼう）っと」と惟光は続ける。

「それどころかそれどころか、おれは、描写された場面からの臭気も嗅ぎました。例を挙げますと、ええっと、最新の六枚めの一場からですと猿たちや熊たち、それに山犬たちの獣臭を」と良清が猛烈に続ける。

「それほどの不思議が？」とかれ。

「はい」

「はい」

「然もありなん」とかれは応答して、過度となった不思議を認め、むしろ歓迎する。

なにしろ計六枚にもなったのだ、とかれは了解する。不可思議も前進するだろう。あたりまえの結果ではあるだろう。

合計六枚。

その六枚めで母親は誕生した。

六枚めの画面の左端に十五歳の少女として立っている。

そして美容の頂点にある、とかれは確認した。俊蔭の娘はここでは美の極致にいて、だとしたら、以後はもう描かれないでよい。むしろ描いてしまったら潰してしまう。すなわち十四歳の俊蔭の娘は要らない。十歳の、四歳の、二歳の俊蔭の娘もやはり要らない。たとえ一歳のその一日めの俊蔭の娘であっても不必要であることに変わりはない。だとしたら、このうつほの物語という大長篇の二本の幹の、墨絵には描き尽くされてはいない側の一本の、すなわち七絃の琴の一族のその太い樹幹で残されている人物というのは？

いぬ宮の曾祖父。

仲忠の祖父。

俊蔭の娘の実父。

そのすべてである一族の始祖、清原俊蔭、ただ一人。

かれはとうとう気づいて、かつ俊蔭の生涯はその時期を三つに分けられるし、この三期の分類はおのおの隻句（ひとこと）で説きうると理解した。遣唐使だった俊蔭は、出国した、外国（とつくに）に滞在した、帰国した。だから必要となる物語絵は、以下のとおり。

「遣唐使の俊蔭が帰国した」の一枚。

「遣唐使の俊蔭が異郷にいる」の一枚。

「遣唐使の俊蔭は出国する」の一枚。

あと三枚で足りるのだった。それだけでうつほのその巨大な物語は、その巨篇の物語絵は完結、完成する。すなわち減ずるように勘定するならば、あと三、あと二、あと一。

琴が鳴る　三

琴は幾つ鳴るでしょうか？

ある場面では一つだけ鳴ります。他の場面では二つ鳴らされて、しかし他人の目からは秘されます。その父子以外の他人の目、それと耳からは。だとすれば後者の場面には照明は当てられない。人前では、その七絃の琴は、一つ奏でられればじゅうぶんなのです。これは金言でもあります。舶来の七絃のその琴はめったには公けには弾かれない、それを演奏に触れる者は忘れてはならないし演奏する者も失念は許されぬ。ですが、つぎのように問うのは可能です。もしも合わせて弾琴されるとしたら幾つまでその七絃の琴は鳴ったか？　合奏したか？　この問いをさらに換言すると、こうなります。幾つの秘琴が帰国した清原俊蔭の手でここ日本にもたらされたのか？

十二面でした。

合計十二の秘琴とともに俊蔭は日本国へ帰ったのです。

しかしそれは俊蔭だったのか。

遣唐使は二、三年で帰国することを期待されていますが、清原俊蔭は二十三年後に帰国した。

派遣された際に俊蔭は十六歳の若さでしたが、戻った俊蔭は二十三歳ぶん老けていた。

時の帝（みかど）からは渡唐を命じられたはずですが、漂流の結果、唐土（もろこし）には渡れなかった。

もともと式部（しきぶ）省の三等官であり、学問の人として将来を嘱望（しょくぼう）されていたはずですが、合計十二もの秘琴とさらに完璧に習い修めた秘曲を持って、無比の芸術家に変じて帰国した。

これほどまでに相違点を挙げられます。はたして、こうした不一致に目をつぶって「遣唐使として外国（とつくに）へ渡った清原俊蔭が帰国した」とこの物語は語ってよいのか。帰ってきたのは違う男ではないのか。しかも最後の最後まで、この男は唐土へは向かわず、波斯国を経て戻った。波斯すなわちペルシア。この芸術家はだれなのか？

けれども男には男の言いぶんもあるでしょう。合計十二の秘琴に囲まれて、この男は何を語るのか？　男を、十二面もの不思議の琴が囲繞しているその構図はひと口に言うならば十二面琴曼陀羅です。中心に鎮まり座す男は、出国前は若き学者、帰国後は四十もまぢかの芸術の徒です。正確には三十九歳。すなわち齢三十九で、異郷にいた歳月は二十三年で、日本国に携えてきたのは十二面の秘琴で、すると挙げつづけられたのは数、数、数。それらの数にもとづいて男当人による自己弁護に耳を傾けましょう。十二面琴曼陀羅のその構図の中央から男が、清原俊蔭が、ほら。

「いかにも。自分は清原氏の家嫡俊蔭である。その自分が別人へと変貌して帰国したのか、そうではないのか？　こちらから言わせてもらえば変わったのは日本の側である。京の都のほうである。たいへんな思いをして自分は帰洛した。暴風には遭わなかったが、波斯国から乗った交易船は流されなかったし沈まなかったが、それでも海路はたいへんだった。生命を懸けるのを要求された。それでも無事に自分は帰京した。生まれ育った邸へ戻った。すると母は五年も前に他界していたのだった。五。父も三年前にはもう身罷っていたのだった。三。父母のいない自邸が、都が、出国前と同様だと言えるか？　否である。自分は喪に服さざるをえないから邸を一歩も出なかった。その服喪の歳月は？　三年間だった。三。今上の帝に帰国の報告へ行ったのはそれからで、つまり自分は齢四十二となっていた。三十九歳から四十二歳へ。この籠居のあいだに自分はもしかしたら変貌した、もはや父母の存在しない平安ならざる平安京にこの変容を強いられた、そのように理解してしまう折もある。陛下は、自分が日本国へようやっと帰った経緯にはご感動なさった。自分は式部省の次官に任命されたし春宮のご学問の指南役にも任じられた。ふたたびの宮仕えだ。それから臣籍に下った皇女、つまり一世の源氏だが、そうした女性を妻にした。この妻とのあいだに娘ができた。一妻一女だ。一。一。そうするあいだにも官位の昇進というのがあって自分は式部省の大輔と左大弁を兼任する。これは文人としての栄誉だ。亡き父も式部省の大輔と左大弁を兼ねた官僚で、その漢学の才で知られたのだ。自分は朝廷でおんなじ地位まで昇った。そして娘は四歳となり、聡明だった。四。自分はその夏に判断したのだ。秘琴はこの娘に伝授しなければならぬと。秘曲は伝授されなければならぬと。さて異郷より持ち帰った七絃の琴の、面数は？　十二」

ほら、十二面琴曼陀羅です。

「教えるならば、一つを娘にあたえる。龍角風を」

龍角風がぶるぶると応じます。

「細緒風はこの手に。指導のために」

教授用になるのだと知らされて細緒風がびぃんと震えます。

「宿守風もこの邸に残そう。むろん霊琴たる南風、波斯風は言うことを俟たぬ。この二面は秘匿もしよう」

南風、波斯風がぴぃんと応じてから宿守風がぷるぷると震動します。

これで名指された秘琴は、二つ、一つ、二つ。

「二。一。二。併せて、五。これら五面のみ一族の所有とし、あとは？」

七面が響いて、応じます。

すべての名前は挙げませんが、山守風や花園風や織女風、都風など七つの秘琴が。

「あとの七つは残さない。たとえば陛下に献上する。この陛下とは日本国王だ。また皇后陛下にも。春宮すなわち皇太子殿下にも、また皇太子妃殿下にも。また左右の大臣殿にも。このように判断した折、自分は齢四十六で、そして参内に臨んでそれらの七面をともなったのだ。四十六歳で、公開する秘琴の数は、七。これまでは他人(ひと)の目や耳には入らぬよう、龍角風が鳴らされても音色を聞いて審(しら)べているのは自分だけで、細緒風が鳴らされても奏法(てづかい)を見て学んでいるのは自分の娘だけで、二つの合奏があっても見聞きするのは自分と自分の娘だけだった。しかし、だがしかし！　天皇陛下が求められた。『献上するならば調律せよ』と。今上の帝が『いま、せよ』とお求めになった。それは真夏だった。自分が四十六歳の真夏だった。内裏(だいり)の、帝の御前での、調律だったし演奏だった。献(ささ)げる七面を全部は弾(だん)じない。一つ、ただ一つ。一。それで大曲を演奏したら御殿の屋根の瓦が砕けた、こなごなに。さらに一曲。今度は雪が降ってきた、まるで掛けぶとんのように。奇瑞(きずい)。この奇瑞に陛下は『を、を。を』とお愕(おどろ)きになる。陛下は、ひじょうにご感激なさって自分を春宮のご学問の指南役あらため七絃の琴の師としたい、ぜひ仕えなさい、そのような立場で皇太子殿下にお仕えしなさいとご要請なさる。あらゆる奏法(てづかい)、あらゆる秘曲をもし皇太子殿下に伝授し了(お)えたならば、自分のことを中納言にも大納言にも登用しようとお約束なさり、自分は『それは。それはしかし。しかしながら』と」

ほら。

十二面琴曼陀羅の中心に鎮まり、停まる俊蔭がこの刹那に、ほら。

みずからを囲み、繞る幾つもの秘琴の感情を代弁する。ほら、ほら。

芸術とはそんなものではないと。

そのようには直截には言葉にせずに、けれどもお断わり申す。

拒んだのでした。天子のご命令を辞退したのでした。宮中から退出し、それから後は一度も出仕しないのでした。ほら、当人が弁明します。不思議の琴の曼陀羅のその構図的な中央に鎮座している、その男が、もしかしたら違う男となって帰国したのかもしれない清原俊蔭が。唐土に派遣されたのに学問は究めず、琴の奥儀を窮め、唐土を経由もしないで波斯国より戻った、外交使節だった俊蔭が。ほら、ほら。ほらら。

「官位は返上した。要するにこういうことなんだ。芸術家は体制内での地位は望まない。琴は、音楽は、だから芸術は、窮極のところ国家権力には奉仕しない。なるほど、つまり、いかにも。自分はやはり別人に変貌している。変わったのは日本国の側ではあるが、結局は自分も変わりきった。芸術！　ああ芸術！　あの三年間の服喪を経て、自邸内への籠居を経て、自分は真の芸術の徒になりきった。そして自覚した、『わたしは七絃の琴の一族の祖だ』と。妻は一人、娘は一人。

一。一。さあ娘にもっと伝えねば。自分は新たに三条大路の東の端、京極のそこに邸を造る。広大な邸宅、風流な邸宅、そこで何をするのか？ 伝授だ、伝授。その継続。弾け、娘。鳴らせ、娘。しかし他人の耳と目は、避けて。徹底的に避けて。芸術！ 四十六歳だった自分はもう五十四歳に。雅楽などをつかさどる治部省の長官に任じられたようだが出仕はしない。参議も兼ねているようだが出勤しかねる。自分は芸術のことだけをかんがえて。娘にもまた芸術のことだけをかんがえさせて。娘は十二歳になったのか、十三歳になったのか？ それから。自分は五十七歳となって、その年の二月、妻が急逝する。それから。自分もまた病いに臥す。いよいよ最期だとわかる。それから。娘に遺言というのをする。それから、自分は五十八歳にはならない」

つまり遣唐使の俊蔭は帰国して、琴は一つ鳴り、奇瑞もその後半生にただ一度。

光る筆 八

都からの音信が絶えている。

よいではないか、よいではないかとかれは嗤う。この遣唐使の清原俊蔭も帰国後に三年間自邸に籠居することで芸術家である自分に覚醒した。日本国の首都に戻りながらも籠もって、あえて音信不通の様態というのをみずから発生させて、その境地に達したのだとも、ほら、言えるではないかとかれはかんがえる。俊蔭にはたしかに霊知があったのだとかれは怜悧にかんがえるので結論に達するとつい嗤笑してしまうのだった。

音信のいっさいが途絶えて、ここ摂津の国須磨は静謐でよいではないかとかれはかんがえる。あのように荒々しい波音があっても静かで。時にふれて轟然と吹きぬける烈風があっても閑静で。そしてわたしはといえば経文を暗誦(あんしょう)しようとしていて、その高らかなる念誦(ねんじゅ)があっても静穏至極だろう、須磨は。

この須磨の陋屋(ろうおく)は。

茅葺(かやぶ)きの山荘は。ここは。

かれは濃い紫色の直衣(のうし)を着た。指貫(さしぬき)は薄い紫、下着は白い綾。締めた帯はしどけなかった。かれは手に黒檀(こくたん)の数珠(じゅず)をかけた。かれは「釈迦牟尼仏弟子(しゃかむにぶつでし)」と名乗った。かれはその謫居(たっきょ)の、居間にいて、この瞬間には側近の従者たちですら遠ざけていた。かれの両膝の前には箱が一つあった。かれの周りには墨絵が七つ置かれていた。配置の具合はさながら曼陀羅(まんだら)で、かれ自身がうつほのその七枚めの物語絵を現実の次元に再現しているかのような構図だった。中心に鎮(しず)まり座(ざ)しているのは光る君、その膝前(しつぜん)には大きな箱が一つ、そして囲繞(いにょう)している七枚の絵画。その居間に現前するのは立体的な曼陀羅なのだ。ただし十二面の琴はない。それが七枚の絵画に置き換えられたとも七枚とひと箱に箝(す)げ換えられたとも説け、ただし、ひと箱は実際にうつほの物語絵の一枚に相当するのか。

蓋(ふた)が開けられるまではそれはわからない。

かれはまだ蓋を開けない。

なにしろ両手が数珠でふさがれている。かれはそれゆえまず念仏するのである。かれは経を唱えるのである。かれは須磨の孤絶の静寂を味わうのである。かれは畏まり虔しんでいて、かつ美々しい囀いを目もと口もとに刻んでいるのである。かれはいよいよ準備が調ったとかんがえる。かれの勤行が終わる。

数珠をしまう。

箱の蓋に手をかける。

やっと箱にどのような品々が収納されているのかが判明する。書物である。漢籍を第一とする本、本、本、それはしかるべき書物の箱である。そこに日本国の仮名の本がただ一冊、交じっている。

それを選びだす。

それをかれは手にとる。

それは全二十巻もの巨篇のうつほの物語の、首巻である。

第一巻「俊蔭」である。

それは仮名で書かれて読まれるうつほの物語の、その現物である。かれのうつほの物語絵は眺められて聞かれる芸術作品だが、こちらは見聞きに先んじて読書される。しかしこちらは、かれに「読んだ記憶にもとづいて、描け」とは言わない。「ここに物語の、また挿話それぞれの場面の記録があるのだから、その文章にもとづいて、描け」としかうながさない。
かれはとうとう何かを確かめようとしている。
なにごとかを本文の内側(なか)に探ろうとしている。
その探索のために「釈迦牟尼仏弟子」とまず口にしたのだった。
いわば御仏(みほとけ)の楽土(らくど)の側へ、読書するわたしも向かってよろしいか、と。
御仏の御教(みおし)えよ、御教えよ。
かれは読みはじめている。
うつほの物語の首巻を。
そこには七歳の清原俊蔭がいる。
十二歳で元服し、十六歳で遣唐使に任命される俊蔭がいる。
出国する俊蔭がいる。
しかし船が難破する。漂流する俊蔭がいる。
波斯(はし)国すなわちペルシア国に漂着する俊蔭がいる。
そこからだ、異郷の譚(はな)しは。そこからだ、俊蔭が西へ西へとめざして、その西域とはすなわち御仏の国土に隣(となり)する領域である。俊蔭が彷徨する異境とはすなわも仏教の影響ばかりが濃い世界である。そして、事態は俊蔭が帰国するまで、ペルシア国から日本国へ帰るまで続いている。それらの事態は、一切合切が、いいや数で徹するならば一から十までが荒唐無稽である。

忉利天の天女に文殊菩薩？

阿修羅？

そんなものはわたしには写生できないとかれはかんがえる。

仏像からしか写せないとかれはかんがえる。

けっして写実的にはならないと表情を曇らせる。もはや嗤笑はかれの顔面にはない。

が、予期していたのだった。だからこそかれはとうとう原則をやぶって確認した、うつほの首巻の本文を。原則とは「わがうつほの物語絵よ、記憶の絵画でありつづけよ」との願いでもあって、この願望の方針はしかし、最後の二枚の物語絵のうち先駆けて制作されることになる「遣唐使の俊蔭が異郷にいる」の一枚は、ただの仏教的幻想に堕してしまうのではないか、記憶に依れば依るほどその依存が八枚めの絵画をいとど凡庸にするのではないかとの懸念に揺さぶられ、すなわち動揺させられ恐怖もさせられて、かれは挿話の細部も読みこみたいと望んだ。

うつほの首巻「俊蔭」の冒頭だけはその描写の些事(さじ)をも消化したいと希(のぞ)み求めた。こうして原則はやぶられた。こうして、かれは気づいてしまった。西へ、西へと異郷を流離(さすら)う俊蔭がいて、その間(かん)や起程(はじまり)のことが描かれていて、しかし花の露を飲んだとある、雫(しずく)を啜(すす)ったとある、あたかも空腹はそれで満たされたとある。それで？　それだけで？　この説明のどこに写実性が、事実のありのままの表現が！　かれは清原俊蔭のその飢えを探しあてようとするのだけれども、ない。もしかしたら「そんなものは、ないのではないか」とあらかじめ想っていたのかもしれないが、実際に本文のどこにもそんなものは、ない。御仏の加護に充(み)ち満ちすぎていて、ない。しかし空腹とは鍵のはずだ、空腹は、食欲は！　かれは物語に訴える。その飢えのなさを不当だと訴える。帰国後の遣唐使の俊蔭は写実的に描きだしうる芸術家であって、だからわたしの筆も走りに走り、冴えわたった。ここ須磨のわたしと帰国後の俊蔭の置かれる境涯には酷似するところがあるのだとも突きとめえた。だが、帰国前の俊蔭が波斯国のはるか西域にある時、この若者は芸術家か？

食欲もない。

良清(よしきよ)や惟光(これみつ)のように女旱魃(おんなひでり)だと騒いだり、含みをもたせたりもしない。

仏教のその幻想の天地にいて、なのに「自分は人間です。ただの人間です」との態度をつらぬいて、しかしながらその楽土の理に身をゆだねきっている。

わたしにはおんなじことはできないとかれはかんがえる。

それではわたしの芸術が成立しないとかれはかんがえる。

わたしはそんな俊蔭と、その俊蔭の彷徨する異郷は描けないとかれはかんがえて、とうとう深刻にうつほの首巻「俊蔭」と対立した。

かれは、いままでの七枚の墨絵はほら、芸術作品だったと言う。だれに向かって？

一冊の本に向かって。

八枚めも芸術にしたいのだし終いの絵画も、と膝前の一冊に言う。うつほの「俊蔭」巻に告げる。

八枚めも、九枚めも！　とかれは。

そうだ、そうだ！　とかれの周囲に繞らされる絵画たち七枚が。応ずる。

それら七枚の物語絵もまたうつほだった。

須磨のその寓居の光る君の居間にあるのは、うつほの物語の第一巻とうつほの物語絵の合計七枚が対峙し、しかも中央には画家のかれ、光る君その人を鎮座させた曼陀羅だった。かれは葛藤した。一冊と七枚も葛藤した。たしかに物語絵はどれも琴の音を滲みださせていて、どれも画面から外側へ、ぶつぶつと語る声を滲出させていた。わたしたちはうつほであると主張して、しかし当然ながらうつほの首巻「俊蔭」もまたうつほで、おまけに、うつほとは空洞の謂いだった。筋書きに損傷があっても膨張して拡大して肥大して、いけるところまで野放図に巨大化する、だからこその空洞、だからこその空洞物語なのだった。

つまりかれらは対立しない。

何もかもを容れるものが容器うつほだと理解しあう。

たとえばかれの芸術理念をも許容する、それが容器うつほ、うつほなのだと了解した途端に、本文内からの招魂は可能だとかれは直覚して、ふたたび愕然としつつ戦慄もしつつ、仮名文字によるうつほの物語の冒頭の部分、七絃の琴の一族の発端のその部分を細読する。

かれは容れようと言う。

許容しようとうながす。

許そうと告げる。

二日後か三日後にはかれは描きだしている、もう。光る君の筆は光る。あと二。

琴が鳴る　二

ここはどこなのでしょう？　孔雀(くじゃく)がおります。鳳凰(ほうおう)もおります。おや、鳳凰をご存じない？　花の上に遊んでいる一羽を観察すれば、いかなる霊鳥かはたちまち瞭然です。頭は、鶏です。ですが首は蛇でその前に顎が燕(つばめ)です。さらに背が亀、尾は魚。そのような禽鳥(とり)がいるのか？　いますとも、もちろん存在しますとも。そうであるから眺められるのです、観察して「首は蛇だな」と。注視して「その前に顎のところが燕だぞ」と。そして背中にも真実があれば尻尾にもその瑞鳥(ずいちょう)の現実が、ありのままがある。その写実。それを観察する目玉(まなこ)に写しましょう。生き生きと反映させましょう。たちまち「おお、この山は人間界の山ではない」と推しはかって知られるでしょう。いかにも、ここは山のなかです。いかにも、この山の地面は、なんとまあ瑠璃です。たしかに、たしかに、人間界の山ではない。ただし浄土とも思えぬ。なぜならば孔雀たちが何羽もいて鳳凰たちも何羽もいて、他にもおりました、八人がおりました。これらは形様があきらかに人間です。只人だとは断じるにためらいがある、しかし、それでも。おまけに一人は日本国の帝の使者、あの清原俊蔭なのです。

二十六歳ほどになっていました。

遣唐使としての出発から十年ほどが経過していました。

年月を歴れば年齢を重ねる。これぞ俊蔭が神仏ではないことの証しです。

他方、俊蔭以外の七人は？　先んじて解説すればこれら七人は兄弟でした。一人が一つの山に住み、すなわち山は合計七つあるのでした。ここはそのうちの七番めの山で、ここに暮らすのは長兄なのでした。そして、人間界の山々ではないこれらの山々はいずこにあるのか？　仏の御国のその東にあるのでした。どうして七人はそのようなところに住めるのか？　これら七人の兄弟が天女の子供たちだったからです。ただし「子供である」ということは天人ではない、天上界には所属していないということでもあり、それゆえに浄土のわずかに東に暮らしていたのです。そして外貌もただの人間そのままで、こうした事実は観察すれば知れど。見れば、ああ、ありのままの人だ、と現実を眼に写しとれる。生き生きと写せる。それでも天上界の存在の血をひいているとわかるのは、秘琴が弾奏できているからです。七人の兄弟は七人とも、浄土の音楽に琴の音をあわせて弾けている。一般の人間にはどうしたって可能な業ではない。

ただし同じ行為が俊蔭にもできている。

二十六歳の俊蔭も同様に七絃の琴が弾けている。

それはなぜか、の経緯を手短かに語る前に、ここには七絃の琴が幾つあるのかを説かねばなりません。秘琴は合計何面か。三十面なのでした。そのうちの二つが別格の霊琴で、名もあたえられているのでした。一つは南風、一つは波斯風と。だれが名前を授けたのかを説けば、それこそが七人の兄弟の母親である天女だったのです。その忉利天の天女がこうした名前を霊琴二面に授けたのだったし、また、七人の子供たちに会えとも俊蔭に言った。一つ一つの山におもむいて、この者たちの弾琴に接して、その秘手を修めてしまいなさいと助言した。

順いましたとも。

一つめの山へ行き、一人めと対面して、琴の演奏を学んだ。それから二人して二つめの山へ向かい、二人めと見えて、学び修めた。それから三人で三つめの山へ、四人で四つめの、五人で五つめの、六人で六つめの山へ。お終いに七人連れだって七つめの山に入って、七人めと邂逅して、それが七人の兄弟のその長兄で、お終いの神秘の奏法をここ地面が瑠璃の山にて、孔雀たちに見守られながら鳳凰たちに見つめられながら、齢二十六ばかりの俊蔭は修めるのでした。ええ、そうです、修得する場面のまるごとがここにはあります、天女の子供たち七人が弾奏する、もちろん清原俊蔭も演奏する、それは不可思議な七日七夜の演奏会で、この響きは七番めの山のわずかに西の、仏の御国にまで達してしまう。

仏のお聴覚に聞こえてしまう。

が、それはこの場面の外側の西方にて起きること。また、この先には仏のこの七番めの山への示現もありますが、演奏会後に生じること。獅子に乗った文殊菩薩が顕たれるのもほぼ同じこと。すなわち語られません、この場面では物語られません。畏れ多い出来事はただの人間界の者の視界にはもったいない。省かれるべし、除けられるべし。大切なのはここに八人がいること、孔雀たち鳳凰たちに囲まれて、八つの秘琴が弾かれていること、演奏会が続いていること。

七日七夜の演奏会です。

おや？

しかし、それでは。

辻褄に問題が。出るのでは？

というのも、この演奏会を経て、俊蔭はとうとう「帰ろう」と思うのです。「日本国へ戻ろう」と決意するのです。三十面の秘琴の幾つかを、仏に、菩薩たちに献上して、また七人の天女の子供たちにもさしあげて、他の方々にもさしあげて、この間に十面の秘琴への命名というのがある、龍角風や細緒風が名前を得る、そして十二面の秘琴とともに清原俊蔭は帰国を果たすのですけれども、この時に三十九歳となっている。その帰路は、異郷遍歴とはとても言えません、無難に無事に、じつに滑らかに物事は運びました。あの波斯国すなわちペルシア国へもほんと速やかに渡れました。それなのに三十九歳。ペルシアにも蓮華の花園にも数年迄まるという事実はなかったはずなのに、二十六歳ほどであったはずの俊蔭は三十九歳。これはおかしいとかんがえるべきです。筋が通らないし、要するに真実を写していないとも疑うべきです。そのうえで、ここには真実の場面が生き生きと写されているのだ、写生されているのだとかんがえる時に、はらら、真相は訪れます。

演奏会は七日七夜続いています。

秘琴ばかりが七日七夜弾じられています。
俊蔭以外の七人は天女のその血をひいています。
鳳凰ですら遊んでいます。孔雀が飛んでいます。
そんな七日七夜は、七日七夜なのでしょうか？
地上的な時間を適用してよいのでしょうか？
そんなものは消えて、あたかも祥たい怪物のように時間は成長しているのでは？　霊獣のように脹らんでいるのでは？　七日七夜はその倍にも十倍にも、三十倍にも膨脹して、そう野放図に、そうして俊蔭を含んだ八人のその演奏者を無際限な肥大化のその内部に収めてしまって、いわば封じた。
ですから七日七夜はけっして七日七夜ではなかった。
それは時間のうつほだったのです。

芸術だ、とかれは納得する。

ここにあるのは巨木の空洞ではない。たとえば北山の杉の木のうつほで八人が合奏している図ではない。極楽浄土にはちかいが写実の山中にあって、人間が八人、合奏によってうつほを発生させている図だ。鳳凰という幻想はあっても家鶏の写生の結果だ。それから蛇、燕、亀、魚類の。にもかかわらず画中に時間のうつほを産んだ。物語のその本質を招魂した。したぞ、わたしは。

かれは満足する。これが芸術作品だと。

とうとう八枚めの墨描きである。その完成である。七つの山を描いて、八。八人の琴の弾奏者を描いて、八。産出したかれの芸術が、八。しかも時間のうつほ

光る筆　九

こそは真の芸術と讃えうる。これで、あとは？

かれはあらためて勘定する。

うつほの物語絵の完結まで、あと三、を通過した。

あと二、を突破した。

ならば完結、完遂まで、あと一。

それからのかれは禊ぎをするような数日である。ひとたび始動すればその後は一日片時も離れぬとの覚悟である。あと一枚。わが光る筆をさらに、ああ、さらに月光に満たさねばならぬ。かれは二月の十五夜になるのを待つ。須磨の浦に満月が昇るのを待ち、ほら円々とした月だ、たぶん都でも見られているはずの望月だと確認してから、だがしかし都のことはもうかんがえない、洛中の政治情勢については一顧だにせず、作画に入る。わたしは芸術家だとかんがえている。わたしは時間のうつほすら画面に現出させえた稀代の人物であるのだと自讃して、自画に没頭する。かれは呻っている、空洞、うつほと。かれは低く唄っている、空無、うつほと。画題は決まっていて「遣唐使の俊蔭は出国する」だったけれども、時間の骨法を体得したにも等しいかれは、この最後の一枚にも逆しまの行程を投入する。七番めの山での七日七夜の演奏会、そこから歳月は逆行する、逆流する、ゆえに六番めから一番めの山は描かれないにしても七つのこれらの山々の前の試煉は触れられて、そこには龍、虎狼、象もいる。これらの幻獣野獣を写実的に、手を尽くして活写して。その前には蓮華の花園での幾年かがあって、その前には西の栴檀の林がある。西か？　蓮華の花園から見たら東ではないのか？　そうだった東だ、俊蔭は西から東へ、東へ、東へ。浄土のわずかに東の山々から、いわゆる西域、波斯国の周辺の国々へ。そして何よりも大切なのは、二十六歳ばかりの俊蔭は十六歳の俊蔭へ。この時間の逆行、真の逆流がなければ俊蔭は画題に至れない。その「遣唐使の俊蔭は出国する」の日本国を出る場面へと至れない。至れなければ芸術が。そうなのだ芸術が。

かれは喘いだ。うつほ、と。

かれは吟じた。うつほ、と。

かれはふたたび希み求めた、時間のうつほよ、と。

いまやかれは呼吸もままならない。閑居する須磨の山荘の、ひとまずはその廂の間に出た。九枚めの作画に着手したあの二月の十五夜から本日までに幾日が経過したのだ？　目下は昼か、夜か？　夜だった。そのうえ曇らない夜だった。朧ろさのない夜、星々も瞬いて月明かりは皓々たる夜だった。当然のことだが、かれは光源を見あげた。その濡れ縁には欄干はついていない。当然のことだが、月齢を数えれば日数の経過はたちまち当たりがつけられるとかんがえた。二月十五日の夜のあの記憶にある満月から、現状の欠け具合はどうだ？　かれは月相を確認する。現在、居待ち月よりは欠けている。寝待ち月のように欠けている。すると十九夜か。あれから四日が過ぎたのか。さらに確信を得ようと思ってかれは月のその形状を凝望して愕然とする。四日ぶんの推移をたしかに感じさせて、それは満月よりも欠損している、がしかし、損なわれているのは左側である。十八夜や十九夜のように右側ではない。再度かれは愕然とする。これは、これから盈ちようとしている月だ。十日の夜のそれよりは脹よかな、だから四日前の。

わたしが見ているのは逆向きに変化を進める月の顔容だ。

今晩は十一夜なのだ、二月の。

わたしは二月十一日の夜の、流寓地須磨にいるのだ。

それは絶対的な確信だった。この直覚に愕き、おののき、しかしながら、じきにかれには了解が訪れる。なるほど、このまま二月の十日、朔日、一月の晦日と進んで、去年の大晦日にも進んで、わたしはもう、この須磨の浦から出られない。この流れ来た土地がわたしのうつほだ。

琴が鳴る　一

清原俊蔭（きよはらのとしかげ）は二十二歳。とうとう三十面の秘琴を得ます。その入手には阿修羅（あしゅら）の挿話がありますが、けれどもこの鬼神の醜貌は写実的には語れません。ただし四十人の子供がいるのだとは具体的に語れます。一千人の親族がいるのだと信憑性（しんぴょうせい）をもって物語れます。三面六臂（ろっぴ）だったとは言わないでおきましょう。そのような幻想はここには要らぬ。しかし阿修羅といえば三面、三つの顔をそなえるのだと連想するのはじつに尋常でもあって、その三面との空想は三年間という現実の歳月を俊蔭に費すように強いたのだと語り直せもします。ああ、俊蔭は阿修羅の守護する山を探し求めて二十二歳、二十一歳、それから二十歳と歩きつづけていたのです。二十一歳の俊蔭は翌年の俊蔭よりも東にいて、二十歳の俊蔭は前年の俊蔭よりも東にいる。そして、そこで何をしているのか？　ある異界の音響を発見して、これに惹かれつづけているのです。斧の響きです。しかも木を伐り倒している斧の響きで、それが西域から聞こえるのです。眺めても他に山はないのに！　四方八方眺めても地平線しかないのに！　俊蔭は、その不思議の音響をいつから耳にしていたのでしょうか？　三年前からです。そして一、二、三年と経るごとに伐られている木のことが気になる、心がどんどん動かされる。伐採音が日ごと月ごと、年ごと、俊蔭たちの演奏している琴の音に似通いだすからです。この共鳴はいったい、なんだ？　結論をいえば斧とは阿修羅の振るう斧であり、伐られるのは天女の植えた桐の大樹であり、そこから秘琴を拵えるための木材が採られていたのです。このような背景をそなえた霊音であったのです。お終いには俊蔭を誘いだしてやまない妙響であったのです。東の俊蔭よ、東の俊蔭よ、とそれは働きかけた！　訴えた！　こうして結論は物語られたのですから起端です。俊蔭たちは琴を演奏している、そこで三年間件んの斧の響きを、阿修羅の伐採音を聴覚に捉えながらそうしている。この俊蔭たちとは？　清原俊蔭の他にだれがいるのか？　幾人いるのか？

三人です。

その三人が三つの琴をいつも演奏している。

そして、それら三人は日本人ではない。

遣唐使の俊蔭の同国人ではない。

三人の琴の奏法は一つも残さず、俊蔭に学び修められた。十七歳の日本の子俊蔭に。

その一年前。

清原俊蔭は十六歳であって発端に立っています。起点に臨んでいます。それはうつほのこの物語の汀であるのと同時に、波うち寄せる本物の渚です。少年の俊蔭がうちあげられてもいる渚です。波斯国の陸地のその境界であり、いま俊蔭はただ一人砂地に転がっている。濡れている。汐にまみれている。三隻の遣唐使船はすでに二隻が沈んで、一隻だけが摧けながらもここに漂流、漂着して、しかし海底の藻屑とならずに現時でも息のある人間は俊蔭のみ、俊蔭ただ一人のみ。波斯国すなわちペルシア国を眺められたのは俊蔭十六歳のみ。その渚には鳥影がない。その砂地には一匹の獣も、また足跡一つも見あたらない。うちあげられた俊蔭は、ずぶ濡れている、けれども景色も濡れている、というのも俊蔭は滂沱と涙を流している。何にすがればいい？　涕涙にその頬をも塩分にまみれさせて、齢十六の俊蔭は観音を念じる。観世音菩薩、観自在菩薩とその本尊の名号を唱える。……観世音菩薩、観自在菩薩！ すると観音の化身は現われる、漂着者の俊蔭の前に出現する、そのペルシアの無禽無獣の渚には、いまや嘶いている一頭がいる。馬がいる。それも白馬がいる。その一頭は鞍まで装備している。俊蔭は砂浜に叩頭いている、……観音さま！ 白馬は、それから俊蔭を乗せる、飛ぶように走る、三人の琴を弾いている者たちのもとへ案内する。琴は、七絃である。かれらは虎の皮の敷物に三人並んで座っている。三。そして三つの琴。そして清原俊蔭は十六歳。そこは異国ペルシアであり、秘琴の鳴っているペルシアであり、俊蔭、その娘、また藤原仲忠、いぬ宮と、七絃の琴のその一族の発することになる物語の渚ペルシアである。渚、そして起源ペルシア。

超　空　洞

物語は終わり、清原俊蔭はまだ出国していない。

日本国を出ていない。

だが画題（「遣唐使の俊蔭は出国する」）を裏切る最終第九の物語絵は畢わって、巨篇うつほの物語も完結した。ペルシア。この異国の汀にして物語文学の汀に僕たちはいる。ちなみに『うつほ物語』の首巻「俊蔭」が無闇に空想的だとは言えない。編年体の史書『続日本紀』の天平八年（西暦七三六年）八月二十三日の項には波斯人の来日の記録が載る。名前も李密翳だと調べあてられる。ペルシア人は日本に来ていたし、何十人何百人、いやもっとの日本人が現にペルシア人に接していた。ここでかんがえるべきは往時のペルシア人とはだれか、何かだが、少なくともササン朝ペルシアの人間ではない。なぜならばササン朝は西暦六五一年に滅亡しているし、であるからペルシア人は七三六年には民族的独立をうしなっている。ササン朝ペルシアの首都はチグリス河岸にあった。六三七年にアラブすなわち新興のイスラム軍に占領された。そして亡(ほろ)んだササン朝のその帝国の残骸が六五一年以降にイスラム化する。と、ここまで考察すると、ペルシア人とはだれか、何かとの問いかけはペルシアの文化を西アジアのイスラム化以後にも保持、継承している者だと回答する姿勢を否(いな)まない。ペルシアにアラブ（アラビア）を足す、すると僕たちの視野に入るのは？

あのアラビアン・ナイト、『千夜一夜物語』だと直答される。

アラビア語のこの文学作品は説話集だと紹介できるが、全篇を通しての一人の語り手がいる。どの挿話も基本的にはこの語り手が口にする。しかも、ここが要所となるが、どの挿話も一人の聞き手に耳を傾けられている。その聞き役は何者なのだと設定されているか？　ササン朝ペルシアの王である。

それはペルシア帝国であったのだから、その王とは帝(みかど)だ。

そして、『千夜一夜物語』のその語り手が口にせず、聞き手が耳にしない挿話とは、原理的にはこの語り手と聞き手の二人のエピソードなのだとなる。自分たちの物語はつねに進行中であり、畢竟、そこには語り手ですら到達できない。せいぜいその物語の渚にしか立てない。この文脈での『千夜一夜物語』の渚とは、物語のエンディングであり併せてオープニングである。

やや視点を変えよう。日本から波斯国というのは、現実のペルシアというのは遠かったか？　もちろん。それゆえ幻想が不可避に介入した、干渉した。しかし、はるかに西に隔たるという様相を的確に理解し、日本（人）の持った幻想と共振しうる文化圏はあって、これはササン朝ペルシアやその首都、そしてイスラム化した後年の同地域が「はるか東」に認識されていた国々、そして民族である。その幻想の介入の証左が興味深いことに『千夜一夜物語』の翻訳に見つかる。英語であればリチャード・バートン訳、フランス語であればJ・C・マルドリュス訳、前者には過剰な自己顕示があり後者には異郷的絢爛さを付すための大胆不敵な補筆、改竄がある。僕はどちらも重訳（日本語訳）で全巻を読んでいて、バートン訳であれば厖大すぎる訳注、それもバートンが自身のアラビア学者としての博識を誇示するがあまりに増殖的であった註釈、の日本語訳、も全文精読した。そこにあったのは「写生された幻想」とも強弁しうる。マルドリュス訳は事前には問題点を頭に入れていなかったので神妙に感動した。この英訳仏訳どちらも

「はるか東」ははるかに西に隔たるのと等距離だ、そう証明する。想像力のなまなましい等距離性。

が、空間に拘泥するのはここまでとしたい。

時間軸をかんがえたい。

そこには東西はない。

僕たちはふたたび物語の渚に立とう。渚、起源ペルシア。この起源には漂着者清原俊蔭十六歳がいる。現われる一頭の馬がいる。その馬に導かれて遇(あ)う三人の異国人がいて三面の琴がある。しかし核心を求めて的(まと)をさらに絞る。この『うつほ物語』という日本最古の大長篇は七絃の琴の一族の物語(それ)であり、十六歳の俊蔭は、馬に導かれ、琴に邂(あ)っているのだ。三人のペルシア人の演奏するペルシアの秘琴の調べに邂逅した。すなわち物語の渚、起源ペルシアにあったのは馬と琴である。これは『うつほ物語』の首巻「俊蔭」をひもとけば速(すみ)やかにだれにでも確認できる。

馬と琴。

日本物語文学史にこの二つを探るとどうなるか？

二つが一語になった名前にぶつかる。馬琴(ばきん)だ。

時代に上下できる。本邦の物語文学の始祖である『竹取物語』も日本最初の大河小説『源氏物語』も、もちろん大長篇の魁（さきがけ）『うつほ物語』もだが、いずれも平安朝が生み、だがここから高速エレベータ的に江戸期まで下（くだ）る。すると曲亭（きょくてい）馬琴がいる。『源氏物語』の作者紫式部は平安時代の中期に誕生した日本初の小説家だと僕は断じられるが、『南総里見八犬伝』の作者曲亭馬琴は江戸時代の後期に誕生した日本初の原稿料で暮らせた作家だ、職業作家だと僕は解説できる。ほんとは職業小説家だと言いたいがこの見解は坪内逍遙によって百四十年ほど前に粉砕されている。が、そのことはいったん措（お）いて、馬琴の代表作『南総里見八犬伝』である。全九十八巻ある。出版の仕様の関係なのだろうが全百六冊ある。本邦の古典文学史上最大の長篇である。真実の巨篇だと讃えても過大評価にはならないだろうと僕はかんがえる。なにしろ執筆に要した歳月は二十八年、その間（かん）に馬琴は両眼を失明している。終盤は口述筆記された。ということは、この巨篇はお終（しま）いには声だけで産出される物語になった。そして盲目者が声だけで産んでいった物語＝芸能には琵琶法師等（ら）の『平家物語』があって、その流れも馬琴は捨て身で継いだのだと『平家物語』現代語訳者の僕には直覚される。ここには鎌倉時代室町時代からのエレベータもある。そして、『うつほ物語』というのは精（くわ）しい成立年代は不明、平安時代の中期の作で『源氏物語』には先行するが、作者は未詳、このうつほの継承ということも『南総里見八犬伝』はやっていて、それは内容の波瀾万丈（はらんばんじょう）さにあるのではない、抜かりのない時代考証にあるのではない、ただし野放図（やみくも）な巨大化、というよりも超巨篇化にはある。ああ「空洞物語」なのだなと僕（この長篇物語の読者）を唸らせる。マトリックスがうつほであるから物語はこうも見境（みさか）いなしに膨脹した。しかし「空洞物語」であるとの実証は別な形でも可能だ。ここでも膨脹する筋立てのその過激な脹（ふく）らみの発端、すなわち馬琴の八犬伝、八犬士の物語の渚に立ってみよう。冒頭部の概要（あらまし）は必要だろう。里見家が落城の危機にある。それを一頭の犬が救う。里見家の当主はこの犬に「もしも敵軍の大将の首を獲（と）ってきたら、お前を娘（伏姫（ふせひめ））の婿にする」と戯れに約束していたものだから、ぬきさしならない事態となる。結局、伏姫は犬にあたえられる。一人と一頭は城を離れて、山中の洞窟に暮らす。その洞窟がうつほだと僕は言うのではない。じきに伏姫は妊娠してしまうが、しかし一人と一頭のあいだに性交渉はない。その犬の「気に感じて」伏姫は懐胎し、その腹部を張りださせるのだ。ついに父親等（ら）の前で身の潔白を証さねばならないとなった時に、伏姫は護（まも）り刀（がたな）で真一文字に腹を切る。みずから割（さ）いた。すると、胎児は転がりでたか？　いいや。その胎には子はいなかった。代わって、一条の白気が出た。そして水晶の数珠が虚空に散って、それぞれの玉に件んの白気が、宿る、というその後の展開は無視してよい。伏姫のその切腹、それこそが『南総里見八犬伝』の渚である。物語の渚、八犬士の起源。割かれた伏姫のその腹は、身重の様相を呈していて、にもかかわらず空である。

空洞である。

うつほだ。

だからこそ『南総里見八犬伝』もまたうつほの物語だと僕は唱えるのだ。

馬琴を僕は琵琶法師も継いだ稀有な小説家だ、かつ『うつほ物語』をいま述べたように襲受していると讃えたい。すると坪内逍遙がたちはだかる。ここまで来てやっと具さに説けるけれども逍遙の『小説神髄』が馬琴の『南総里見八犬伝』を近代的小説ではないと言った。つまり、曲亭馬琴は小説家ではない。

逍遙は何が言いたかったのか？

実際に『小説神髄』の本文に当たると、逍遙はぜんぜん馬琴を扱きおろしていない。『小説神髄』内の「小説の主眼」章で、まず、……曲亭の傑作「八犬伝」……、と評している。それから逆接をもって、……八犬士は（曲亭馬琴の）

理想上（アイディアル）の人物にて、現世の人間の写真にあらねば……、こう説きだしている。写真とは真実を写しているということだ。つまり八犬士なんてものは写実的な人間じゃないよと指摘した。そこのところが写生できていないと小説すなわち近代文学にはならないんだよと啓蒙的に主張した。この近代的観点からの批評、または批難。逍遙はかれ自身の文学観から、勧善懲悪の思想的世界観ではだめだ、ノーグッドだと啓発したかった。そして蒙を啓（ひら）かれた人びとは、馬琴はだめだ、『南総里見八犬伝』はノーグッドで、ここ一千年間のあらゆる「空洞物語」が無価値だ、こう結論づけた。

近代の人びとはそうした。

近代がそうした。

だが坪内逍遙はまず「曲亭の傑作『八犬伝』」と言っているんだよと僕は言いたい。そもそも逍遙は『南総里見八犬伝』の愛読者だったと僕は聞いているよと僕は言いたい。『小説神髄』内であれを小説ならずとは言わないとも言っているんじゃないの、近代文学としての小説には不適格と言っているだけじゃないのと僕は言っている。

文学理論とはなんなのかを近代日本人は理解すべきだった。

時間軸を上下して僕たちは絶望を見た。『竹取物語』を祖とする一千年の「空洞物語」の一族がとどめを刺されるのを見た。だとしたら空間軸に頼り、その交叉いいや織り成される座標から物語の数学に接近する以外に絶望ならざるものを見る術はないと僕はかんがえる。そもそも「空洞物語」は数にこだわる。『南総里見八犬伝』の伏姫を褒賞として得る犬、あれは狸の乳に育てられる魔性だけれども、名前は八房といった。八。そして八つの玉、八人の犬士。八、八。だが日本国よりも西に目を向けてみよう。いいや西方ではあるけれども東方からの等距離性をも孕む物語の怪物に当たってみよう。その『千夜一夜物語』はそもそも夜を一つずつカウントしなければいけないから、一夜、二夜、三夜と続く。九百一夜、九百二夜、九百三夜とも続く。日本人が維新後の国家改革の模範とした西欧近代は、それでは『千夜一夜物語』をどのように享受したか？　英語のバートン訳で愉しんだ。仏語のマルドリュス訳で味わった。そこには東洋趣味が充ち満ち、人間の写生、人間の写真がない。もともと節操のなかった挿話群にはリチャード・バートンの註釈の脱線、J・C・マルドリュスのしれっとした顔での潤色がある。そもそも『千夜一夜物語』のその作中の夜の数を題名どおりに千夜足す一夜に端したのが西欧人だった、はずだ。僕の記憶に間違いがなければ。すなわち西欧近代の側こそが数字にこだわり、一、二、三とカウントした。九百九十九、千、千一ともカウントした。その拘泥が『千夜一夜物語』を近代の「空洞物語」に、時代のエレベータを現代まで下ろしきっても抹殺されない文学作品に変態させた。

数とはなんだろうか。

それは、竹という植物のその地上の茎がひと節ではできていない、との事実に結びつく。

ひと節ひと節が連なって、一本の円筒形の長い茎になっている、そしてひと節ごとに空洞がある、だから空洞は一つ二つと数えられる存在（もの）なのだとの真実に結びつく。

千夜と一夜を端然と用意する、その結果は、一つずつの物語の夜というのが比喩的（メタフォリカル）な竹木のその節（ジョイント）の一つずつの内部（なか）に収められる、だ。すると真実の一本の竹が誕生している、比喩的（メタフォリカル）に、なぜならばそこではうつほたちが連結、連環されているから。この「空洞物語」は、いわば超空洞――

ところで竹筒は楽器にもなる。

笙がそうだ。

尺八が、横笛がそうだ。

東京西郊の僕の自宅の庭には細い、短い竹が自生して群生もしているけれどもそれでは足りない。ときに二十メートルを超える孟宗竹は望まないけれども高さが六メートル平均だと聞いている女竹は僕は欲している。斧は携えない。けれども庭場の作業用の鋸は携行した。夕方なので野鳥たちの動静が林のありかを知らせて、スマートフォンの地図アプリを開かないでも僕は歩みつづけられる。あそこで騒いでいるのは、椋鳥だ、その群れだ。しかも畑地の端にいてその端辺は一帯ぜんたいが竹藪だ。僕が求めていたのはこれだ、ここだ。あえて道路（数十年前までの農道、現在は一車線の車道）で鋸を出して構えて、僕は臆さない。堂々と用水路をまたぎ渡る。それこそボランティアの地域清掃ですよ、放棄地の管理ですよとの恰好だ。こういう時の僕は演技がうまい。大胆である。椋鳥がわめいた。それも数十羽の頭上の叫喚だ。僕は、竹藪に分け入っている。三歩、四歩、五歩。七、八、九。いい女竹がある。女竹は別名、弱竹ともいう。なかなか茎は強直そうだ。ここからは見事な空洞が採れると僕は直感して、鋸の歯を当てる。きちんと水平に当てる。ここからは理想の円筒が、中空のひと節が得られると確信して、僕は。伐る。きっ、きっ、きっと伐る。伐採する。一本の女竹は、ぎっ、ぎぎと斜ぎはじめ、すると光がある。そのうつほに光があって、けれども赫奕姫もどきはいやしない。

人はいない。

獣がいる。

数百頭、いや、それ以上の頭数の小さな矮さな犬たちの群れがいて、それは一群である、しかし瞬時に分裂するし分化する。千頭にもちかい数にその集団は判然と分離して、飛びだす、その女竹の空洞の外部へ。そのうつほの外側の世界へ。その世界とはここだ。犬たちはそうして今日明日にも、この僕たちの近現代を喰い荒らす。

僕は椋鳥と声をあわせて吼える。

初出　「群像」二〇二四年八月号
単行本化にあたり、「うつほ物語」を改題しました。

装幀　水戸部功

古川日出男（ふるかわ・ひでお）

１９６６年、福島県生まれ。１９９８年、長篇小説『13』でデビュー。第４作となる『アラビアの夜の種族』（２００１年）で日本推理作家協会賞と日本ＳＦ大賞をダブル受賞。『LOVE』（２００５年）で三島由紀夫賞を受賞。『女たち三百人の裏切りの書』（２０１５年）で野間文芸新人賞と読売文学賞をダブル受賞。現代語全訳を手がけた『平家物語』（２０１６年）はＴＶアニメ化され、続く『平家物語 犬王の巻』（２０１７年：仏・繁体字中国語・簡体字中国語に翻訳）も劇場アニメとして映画化された。その他の著書に『サウンドトラック』（２００３年：仏・伊語に翻訳）、『ベルカ、吠えないのか？』（２００５年：英・仏・伊・韓・露語に翻訳）、『聖家族』（２００８年）、『馬たちよ、それでも光は無垢で』（２０１１年：仏・英・アルバニア語に翻訳）、『南無ロックンロール二十一部経』（２０１３年）、『森𣜌（おおきな森）』（２０２０年）、『の、すべて』『紫式部本人による現代語訳「紫式部日記」』（共に２０２３年）、『京都という劇場で、パンデミックというオペラを観る』（２０２４年）、ノンフィクション『ゼロエフ』（２０２１年）、長篇詩『天音』（２０２２年）などがある。

超空洞物語（ちょうくうどうものがたり）

二〇二四年一〇月二二日　第一刷発行

著者　古川日出男（ふるかわひでお）

発行者　篠木和久
発行所　株式会社講談社
東京都文京区音羽二―一二―二一　〒一一二―八〇〇一
電話　出版　〇三―五三九五―三五〇四
　　　販売　〇三―五三九五―五八一七
　　　業務　〇三―五三九五―三六一五
印刷所　TOPPAN株式会社
製本所　株式会社若林製本工場

ISBN978-4-06-537249-4